エドワード王子《おうじ》は、ほんとうにいた!?

この物語《ものがたり》は、一五〇〇年代《ねんだい》のイングランドに、ほんとうにいた、王子《おうじ》と国王《こくおう》をモデルにして作《つく》られたお話《はなし》です。

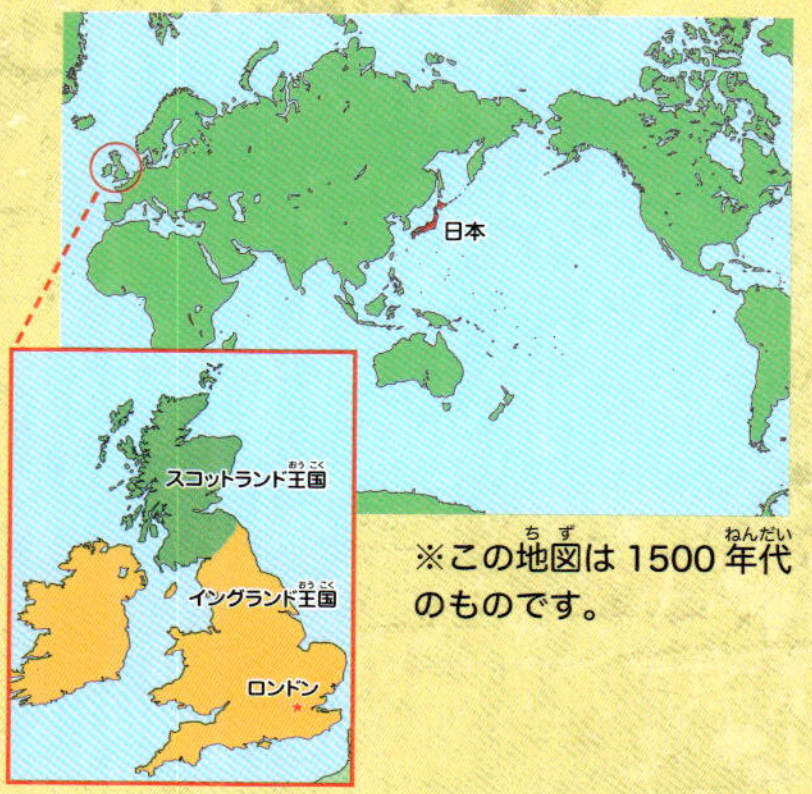

※この地図《ちず》は 1500 年代《ねんだい》のものです。

物語《ものがたり》の舞台《ぶたい》は一五〇〇年代《ねんだい》のイングランド

げんざいのイギリスは、昔《むかし》はイングランドと、スコットランドという国《くに》に分《わ》かれていました。お話《はなし》の主人公《しゅじんこう》のモデルになったエドワード王子《おうじ》は、イングランドの第《だい》一王子《おうじ》、エドワード六世《せい》のことです。

ヘンリー8世《せい》

さからう者《もの》にはきびしい刑《けい》をあたえ、国民《こくみん》におそれられた国王《こくおう》。

JN242839

PPS通信社

エドワード6世《せい》

1537 年《ねん》に誕生《たんじょう》。ヘンリー８世《せい》のむすこ。父親《ちちおや》の死後《しご》、たった９歳《さい》で国王《こくおう》になりました。

ウェストミンスター宮殿《きゅうでん》

お話《はなし》の舞台《ぶたい》になっている、王子《おうじ》がくらす宮殿《きゅうでん》は、今《いま》もロンドンの町《まち》にあります。1000 年代《ねんだい》にたてられ、今《いま》は世界遺産《せかいいさん》にも登《とう》録《ろく》されています。

王子《おうじ》とこじき

もくじ

1 二人《ふたり》の子《こ》ども

ある秋《あき》の日《ひ》に、二人《ふたり》の男《おとこ》の子《こ》が、イングランドの都《みやこ》ロンドンで、それぞれ生《う》まれました。一人《ひとり》は、イングランド国王《こくおう》ヘンリー八世《せい》の第《だい》一王子《おうじ》エドワード。もう一人《ひとり》は、ひどくびんぼうな家《いえ》のむすこトムです。

エドワード王子《おうじ》のほうは、イングランドじゅうの人々《ひとびと》が、いく日《にち》もいく日《にち》も、歌《うた》ったりおどったりのお祭《まつ》りさわぎ。「王子様《おうじさま》、ばんざーい！」と、口々《くちぐち》にさけんで、未来《みらい》の国王《こくおう》の誕生《たんじょう》をよろこびました。

ところがトムのほうは、「チェッ！　よけいなやつが生《う》まれてき

やがった」と、だれ一人《ひとり》よろこんではくれません。トムの家族《かぞく》は、ロンドンにある大《おお》きな塔《とう》の近《ちか》くの、きたないがらくた*横町《よこちょう》で、毎日《まいにち》の食《た》べる物《もの》にもこまるような、みじめなくらしぶりだったのです。

*横町《よこちょう》…表通《おもてどお》りから横《よこ》に入《はい》った町《まち》なみ。また、その通《とお》り。

それから十年近《ねんちか》くがすぎました。

少年《しょうねん》になったトムは、あいかわらず、がらくた横町《よこちょう》のせまくてきたない家《いえ》に住《す》んでいて、ぼろの服《ふく》を着《き》て、こじきをしてくらしていました。仕事《しごと》もなく、お金《かね》もなく、食《た》べる物《もの》もないので、一日中《にちじゅう》、町《まち》を歩《ある》きまわり、だれかがお金《かね》や食《た》べ物《もの》をめぐんでくれるのを、あてにするしかないのです。

トムの父親《ちちおや》は、大酒《おおざけ》飲《の》みの大《おお》どろぼうで、よっぱらうと、だれにでもかまわずけんかをふっかけるような男《おとこ》でした。トムのかせぎが少《すく》ないことに、はらを立《た》て、毎晩《まいばん》、けったりなぐったりします。トムは、ごはんをもらえず、はらぺこのままで、なきながらねむることも、しょっちゅうでした。

1　二人の子ども

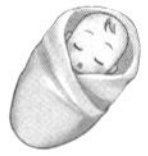

トムの近所《きんじょ》は、大人《おとな》も子《こ》どもも、みんな、にたりよったりの、ろくでもない人《ひと》たちばかりでしたが、その中《なか》に一人《ひとり》だけ、ちがった人《ひと》がいました。アンドリュー神父様《しんぷさま》です。心《こころ》ゆたかな神父様《しんぷさま》は、親《おや》たちにはひみつで、子《こ》どもたちを集《あつ》めては、人《ひと》として正《ただ》しい道《みち》を教《おし》えてくれました。

　そのおかげでトムは、感心《かんしん》なことに、おめぐみはありがたくいただくけれど、決《けっ》して人《ひと》のものをとったりしないと、かたく心《こころ》に決《き》めていました。そして、神父様《しんぷさま》のもとで英語《えいご》の読《よ》み書《か》きをおぼえ、ラ*テン語《ご》も教《おし》えてもらいました。それだけではありません。神父様《しんぷさま》のところには、たくさんの本《ほん》がありました。読書《どくしょ》の楽《たの》しさを知《し》り、巨《きょ》人《じん》や妖精《ようせい》、魔法《まほう》のお城《しろ》のお話《はなし》、とくにゆうかんな王子《おうじ》たちの物語《ものがたり》に、

*ラテン語《ご》…昔《むかし》のヨーロッパのローマ帝国《ていこく》で使《つか》われた言葉《ことば》で、文章《ぶんしょう》を書《か》くときに共通《きょうつう》で用《もち》いられた。

心《こころ》をわくわくおどらせました。

「王子様《おうじさま》ってかっこいいなあ。どんな生活《せいかつ》をしているのかなあ。会《あ》ってみたいなあ。」

トムは想像《そうぞう》をふくらませました。

「でも……こんなにきたなくちゃ、はずかしいや！」

いつかきっと会《あ》えると信《しん》じて、トムは、どろいじりや川遊《かわあそ》びをしたあとに、服《ふく》をあらったり、体《からだ》のあかを落《お》としたりするようになりました。

トムのふるまいや言葉《ことば》づかいが、だんだん本物《ほんもの》の王子《おうじ》のようになってきたので、仲間《なかま》たちはびっくりしました。おまけにトムはみんなよりずっと物知《ものし》りなので、町《まち》一番《ばん》の人気者《にんきもの》になりました。

ところが、家《いえ》にもどれば、何《なに》もかせいでこないトムに、だれも感《かん》心《しん》などしてくれません。父親《ちちおや》から、「役立《やくた》たず！」だの、「*でくのぼう！」だの、さんざんひどい言葉《ことば》をあびせられ、たたかれて、トムはなきながら、そまつなわらのふとんの中《なか》へにげこむしかありませんでした。そんなときはやさしい母親《ははおや》が、そっとパンの切《き》れはしを持《も》ってきて、なぐさめてくれました。

＊でくのぼう…役《やく》に立《た》たない人《ひと》。また、人《ひと》のいうままに動《うご》く人《ひと》。

わずかばかりのパンをかみしめると、トムは安心《あんしん》して、いつの間《ま》にか、ねむりに落《お》ちていました。

ゆめの中《なか》でトムは、光《ひか》りかがやく宮殿《きゅうでん》にいました。大《おお》ぜいの家来《けらい》たちを引《ひ》きつれて、ダイヤモンドやルビーをちりばめた服《ふく》を身《み》にまとい、胸《むね》をはって歩《ある》いています。

ねてもさめても、トムの心《こころ》の中《なか》では、王子様《おうじさま》へのあこがれが、つのるばかりです。「ああ、本物《ほんもの》の王子様《おうじさま》を見《み》てみたい！」と、ますます強《つよ》くねがうようになりました。

2

トム、王子《おうじ》様《さま》と出会《であ》う

ある日《ひ》、いつものようにおなかがすいて目《め》ざめたトムが、ロンドンの町《まち》をふらふらと歩《ある》きまわっていると、見上《みあ》げるほど大《おお》きなお屋《や》しきにたどりつきました。

なんとそこは、イングランド国王《こくおう》、ヘンリー八世《せい》の住《す》まい、*ウェストミンスター宮殿《きゅうでん》だったのです。

「うわっ、本物《ほんもの》のお城《しろ》だ！　すごいなあ！」

トムは声《こえ》を上《あ》げました。本《ほん》で読《よ》んだ王様《おうさま》の宮殿《きゅうでん》そのものです。

うっとりしながら門《もん》の中《なか》を見《み》ると、羽根《はね》かざりのぼうしをかぶり、

*ウエストミンスター宮殿《きゅうでん》…イギリスのロンドン中心部《ちゅうしんぶ》の、テムズ川《がわ》ぞいにある宮殿《きゅうでん》。昔《むかし》は国王《こくおう》が住《す》んでいたが、今《いま》は国《こっ》会議事堂《かいぎじどう》として使用《しよう》されている。

りっぱな服《ふく》を着《き》て、宝石《ほうせき》をちりばめた短剣《たんけん》をこしにさげた少年《しょうねん》が、大《おお》ぜいの家来《けらい》たちをつれていました。

「あっ、王子様《おうじさま》だ！」

門《もん》の前《まえ》にはたくさんの人《ひと》だかりができています。トムは、見物人《けんぶつにん》をかきわけて、門《もん》に走《はし》りより、鉄《てっ》ごうしにしがみつきました。

すると、「＊ぶれい者《もの》！　このこじきめっ！」と、門番《もんばん》の兵士《へいし》が声《こえ》をあらげてどなり、トムを投《な》げとばしました。見物人《けんぶつにん》たちは、おもしろがって、どっとわらいました。

そのとき、とつぜん、人々《ひとびと》のざわめきが、ピタリとしずまりました。どうしたんだろうと、トムがほこりをはらいながら立《た》ちあがると、王子《おうじ》が、こちらへやってくるではありませんか！

「なぜ、子《こ》どもをそんなひどい目《め》にあわすのだ。かわいそうに。その子《こ》を中《なか》に入《い》れてやれ！」

王子《おうじ》は門番《もんばん》をしかりつけました。

家来《けらい》たちが止《と》めるのも聞《き》かず、王子《おうじ》は、トムにやさしく手《て》をさしのべ、宮殿《きゅうでん》の中《なか》へとまねきいれ、自分《じぶん》の部屋《へや》へ案内《あんない》しました。

トムは、ゆめを見《み》ているようでした。

＊ぶれい…礼《れい》ぎ正《ただ》しくないこと。失礼《しつれい》。

王子《おうじ》の部屋《へや》は金銀《きんぎん》をちりばめた、まばゆいばかりの美《うつく》しさで、みがきのかかった大理石《だいりせき》のゆかが、かがみのようにトムのすがたをうつします。

「おまえ、名《な》はなんというのだ。」

「はい、トム・カンティと申《もう》します。」

「どこに住《す》んでいるのだ。」

「塔《とう》の近《ちか》くの、がらくた横町《よこちょう》でございます。」

王子《おうじ》は家来《けらい》たちに命令《めいれい》して、山《やま》ほどのごちそうを持《も》ってこさせました。こうばしくやけたとり肉《にく》や牛肉《ぎゅうにく》、見《み》たこともない色《いろ》とりどりの野菜《やさい》やくだものが、大皿《おおざら》にもりつけられています。

王子《おうじ》はやさしい心《こころ》づかいから、トムにえんりょなく安心《あんしん》して食《た》べてもらうように、家来《けらい》たちに部屋《へや》から出《で》ることを命《めい》じました。

「はらがへっているのであろう。顔《かお》に書《か》いてあるぞ。すきなだけ食《た》べなさい。」

王子《おうじ》は、トムがとてもおいしそうに食《た》べるのを見《み》ながら、トムのことを、いろいろときききはじめました。

トムは、両親《りょうしん》と姉二人《あねふたり》といっしょにくらしていること、母親《ははおや》はやさしいが、父親《ちちおや》は、自分《じぶん》を見《み》れば、すぐになぐることを話《はな》しました。

「父親《ちちおや》というのはきびしいものだが、わたしの父上《ちちうえ》は、たたくようなことはしないぞ。ところで、毎日《まいにち》、何《なに》をして遊《あそ》んでいるのだ。」

「人形《にんぎょう》しばいやさるしばいを見《み》たり、戦争《せんそう》ごっこをしたり……。」

王子《おうじ》は、目《め》をかがやかせて体《からだ》を乗《の》りだします。

「それならわたしも大《だい》すきだ。それから何《なに》をする？」

「夏《なつ》には、川《かわ》で泳《およ》いだり、高《たか》い所《ところ》からとびこんだり、それから……どろまんじゅうを作《つく》ったりします。どろんこ遊《あそ》びは最高《さいこう》です！」

「ああ、うらやましいなあ。一度《いちど》でいいから、おまえのような服《ふく》を着《き》て、だれにもじゃまされないで、はだしでどろの中《なか》を転《ころ》げまわってみたいなあ。王冠《おうかん》なんか放《ほう》りだしてもいい。」

「わたくしは、*殿下《でんか》のような、おめし物《もの》を着《き》てみたいです。」

王子《おうじ》は目《め》をいっそうかがやかせて、トムの手《て》をつかみました。

「よし！　では、交《こう》かんしようじゃないか、さあ急《いそ》げ、早《はや》くしろ！」

二人《ふたり》は大急《おおいそ》ぎで服《ふく》をぬいで取《と》りかえると、大《おお》きなかがみの前《まえ》に、ならんで立《た》ちました。すると、二人《ふたり》はとてもびっくりしました。

ぼろを着《き》た王子《おうじ》と、りっぱな服《ふく》を着《き》たトムと、どちらが本物《ほんもの》の王《おう》子《じ》で、どちらが本物《ほんもの》のこじきなのか、まるでわかりません。見分《みわ》けがつかないくらい、そっくりだったのです。

*殿下《でんか》…王子《おうじ》に対《たい》するそんけいを表《あらわ》したいい方《かた》。

「わたしとおまえは……そっくりだ！」と、王子《おうじ》はおどろきました。

「よし、このかっこうで外《そと》を歩《ある》いてみよう！　わたしはちょっと出《で》かけてくる。おまえはしばらくここで楽《たの》しんでいればよい。」

王子《おうじ》は急《いそ》いで部屋《へや》を出《で》ていきましたが、何《なに》かを思《おも》いだしたらしく、すぐにもどってきました。手《て》には、何《なに》やら金《きん》の丸《まる》いかたまりを持《も》っています。

「父上《ちちうえ》からあずかった大事《だいじ》な物《もの》を、どこかにしまっておかなければ。そうだ！　この*かっちゅうの中《なか》がいい。さあ、待《ま》っているのだぞ。すぐにもどるからな！」

王子《おうじ》はうきうきとはしゃいだようすで、とびだしていきました。

ところが、外《そと》に出《で》ると、すぐにさっきの門番《もんばん》に見《み》つかり、投《な》げとばされてしまいました。

「何《なに》をする、ぶれい者《もの》！　わたしはエドワード王子《おうじ》であるぞ。」

王子《おうじ》は、門番《もんばん》をにらみつけました。

「何《なに》をいってるんだ、このこじきやろうめ！」

門番《もんばん》はそういって、ぼろを着《き》た王子《おうじ》を門《もん》の外《そと》へ追《お》いだしてしまいました。

「王子様《おうじさま》だとよ！　みんな、どいた、どいた！　こじき王子様《おうじさま》の、お通《とお》りだぞ！」

これを見《み》ていた、大《おお》ぜいの見物人《けんぶつにん》たちはおもしろがって、本物《ほんもの》の王子《おうじ》をこづきまわしました。

王子《おうじ》は、追《お》いたてられ、にげまどううちに、宮殿《きゅうでん》から、どんどん

＊かっちゅう…戦《たたか》いのとき身《み》を守《まも》るためにつける武具《ぶぐ》。どう体《たい》をおおうよろいと、頭《あたま》にかぶるかぶと。

はなれてしまい、自分《じぶん》が、広《ひろ》いロンドンの町《まち》のどこにいるのか、わからなくなってしまいました。とぼとぼと、あてもなく歩《ある》きつづけていると、とつぜん、えり首《くび》をらんぼうにつかまれました。

「おい！　今《いま》ごろまで、どこをほっつきあるいていたんだ。また一《＊いち》文《もん》なしで帰《かえ》ってきやがったんだろう、え？」

酒《さけ》のにおいをぷんぷんさせた大男《おおおとこ》が、わめいています。

「おまえが、トムの父親《ちちおや》か？　さあ、わたしを宮殿《きゅうでん》に案内《あんない》してくれ。

そして、トムをつれもどすのだ。」

「なんだと？　ねごとでもいってるのか。おれは、ジョン・カンティ様《さま》だ。おまえのおやじにちがいねえ。このガキめ！」

「では、おまえに命《めい》ずる。わたしを父上《ちちうえ》ヘンリー八世《せい》のところまでつれていくのだ。もうつかれた。ほうびとして、父上《ちちうえ》は、おまえに大金《たいきん》をとらせるだろう。信《しん》じてくれ、わたしはイングランドの第《だい》一王子《おうじ》、エドワードだ。」

「こいつ、おかしくなりやがったな。これから思《おも》いっきり、おしおきをしてやるぞ！」

トムの父親《ちちおや》は、どなりちらしながら、にげようとしてバタバタする王子《おうじ》をつかまえて、家《いえ》へと引《ひ》きずっていきました。

＊一文《いちもん》なし…一文《いちもん》は日本で昔使《むかしつか》われていたお金《かね》で、とてもわずかな金額《きんがく》のことから、お金《かね》をまったく持《も》っていないこと。

3
こじきのトムが王子《おうじ》に！

さて、そのころ宮殿《きゅうでん》では、トムはどうしていたでしょうか。トムの今《いま》のすがたを見《み》て、だれが、こじきの子《こ》と思《おも》うでしょう。そこにいるのはまちがいなく、エドワード王子《おうじ》だと、だれもが信《しん》じるに決《き》まっています。

「ゆめではないんだ。本物《ほんもの》の王子《おうじ》になったんだ。どうだ、かっこいいだろう！」

トムはうれしくなって、自分《じぶん》のすがたをかがみにうつしました。

そして、本物《ほんもの》の王子《おうじ》のように胸《むね》をはって、歩《ある》いてみたり、本《ほん》を読《よ》んでおぼえた*敬礼《けいれい》をしたり、金《きん》ぴかのいすにすわって「これ、近《ちこ》うよれ！」などと、えらそうな口《くち》をきいてみたりしました。

しばらくは、すべてがめずらしくて、一人《ひとり》で、はしゃいでいたのですが、あまりにもエドワード王子《おうじ》の帰《かえ》りがおそいので、だんだん心細《こころぼそ》くなってきました。

「だれかに見《み》つかったらどうしよう。ぜったい、死刑《しけい》だ！」

王子《おうじ》のたのみで、こんなかっこうをして宮殿《きゅうでん》にいるのに、かんじんの王子《おうじ》がいなければ、だれもそのことを説明《せつめい》してはくれません。トムはおそろしくなって、ぶるぶるとふるえました。

「そうだ、今《いま》のうちに、にげてしまえ。」

トムは決心《けっしん》しました。

*敬礼《けいれい》…うやまう気持《きも》ちをこめたおじぎ。かた手《て》を高《たか》くあげることもある。

トムは、音《おと》がしないように、そうっと、とびらを開《ひら》きました。するとそこには家来《けらい》たちがずらりとならんでいて、みんなトムのすがたを見《み》るなり、深々《ふかぶか》と頭《あたま》を下《さ》げました。トムはおどろいて、とびらをしめました。これでは、にげだすことなどできません。

「どうしたらいいんだ……。」

トムがこまりはてて、部屋《へや》の中《なか》を行《い》ったり来《き》たりしていると、家《け》来《らい》の少年《しょうねん》が入《はい》ってきました。

「ジェーン・グレイ姫様《ひめさま》が、お見《み》えになりました。」

姫《ひめ》はさっそうと入《はい》ってきて、トムにかけよりました。トムはどうしてよいのかわからず、青《あお》い顔《かお》をして、おろおろするばかりです。

「殿下《でんか》、どうなさいまして？」

姫《ひめ》は心配《しんぱい》そうにトムの顔《かお》を見《み》つめました。

「どうぞおゆるしください！　わたくしは王子《おうじ》ではありません。こじきの子《こ》、トムでございます。どうかわたくしをお助《たす》けください。王《おう》子様《じさま》に会《あ》わせてください。そうすれば何《なに》もかもわかりますから。」

トムは、目《め》になみだをため、ひざまずき、手《て》を合《あ》わせて姫《ひめ》にたのみました。

「まあ！　殿下《でんか》がわたくしに、ひざをおつきになるなんて！」

姫《ひめ》はびっくりして、部屋《へや》からにげていきました。

「もうだめだ！　もうじき、つかまってしまう。」

トムはがっくりして、ゆかにつっぷ*してなきました。

「王子様《おうじさま》は、ご病気《びょうき》だ！　おかしくなられた！」というわさが、たちまち宮殿《きゅうでん》のすみずみにまで広《ひろ》まりました。

国王《こくおう》ヘンリー八世《せい》も、むすこのようすをとても心配《しんぱい》しました。国《こく》王《おう》は重《おも》い病気《びょうき》にかかっていたので、次《つぎ》の王位《おうい》のことが気《き》になっていたのです。こんなうわさが外《そと》にもれてしまったら、王位《おうい》をねらう者《もの》が、どんな悪《わる》だくみをくわだてるかわかりません。国王《こくおう》はすぐに、「王子《おうじ》のことをとやかくいう者《もの》は死刑《しけい》にする」というきびしい命令《めいれい》を出《だ》しました。そのかいあって、宮殿《きゅうでん》では、だれ一人《ひとり》、王子《おうじ》を悪《わる》くいう者《もの》はいなくなりました。

「エドワードをここへつれてまいれ！」と、国王《こくおう》は命令《めいれい》しました。

トムは大《おお》ぜいの家来《けらい》につきそわれて、長《なが》いろう下《か》を歩《ある》いて、国王《こくおう》の前《まえ》にあらわれました。でっぷりと太《ふと》った国王《こくおう》は、具合《ぐあい》が悪《わる》そうに、大《おお》きないすに体《からだ》をしずめてすわっていました。

「おお、エドワード、いったいどうしたというのじゃ。どうしてこの父《ちち》に悲《かな》しい思《おも》いをさせるのじゃ！」

国王《こくおう》は、トムをエドワード王子《おうじ》だと思《おも》いこんでいます。

「あなた様《さま》が、国王陛下《こくおうへいか》でいらっしゃいましたか！　わたくしは、とんでもないまちがいから、ここへ来《き》てしまったのです。どうぞ

＊つっぷす…急《きゅう》にうつぶせになる。

命《いのち》をお助《たす》けください。どうか死刑《しけい》にだけは……。」

トムは、ゆかに両《りょう》ひざをついて、必死《ひっし》におねがいしました。

国王《こくおう》は、びっくりぎょうてんしました。

「どうやら、うわさはほんとうであったか……。」

国王《こくおう》はがっくりと肩《かた》を落《お》としました。

王子《おうじ》がすっかりおかしくなってしまったのか、少《すこ》しだけなのかをたしかめるために、国王《こくおう》は王子《おうじ》にラテン語《ご》で話《はな》しかけ

てみました。幸《さいわ》いなことにトムはその言《こと》葉《ば》を知《し》っていたので、すらすら答《こた》えました。すると、国王《こくおう》の顔《かお》はよろこびで明《あか》るくなりました。

「王子《おうじ》は、少《すこ》しつかれているだけなのだ。病気《びょうき》がよくなるまで、しばらくのしんぼうじゃ。わがイングランドの王位《おうい》をつぐべき者《もの》は、エドワードのほかにはおらぬぞ！」

国王《こくおう》は力《ちから》をこめて、家来《けらい》たちにつたえました。

たいへんなことになりました。宮殿《きゅうでん》じゅうの人《ひと》たちはみんな、トムが本物《ほんもの》のエドワード王子《おうじ》だと思《おも》いこんでいるのです。こうなったからには、王子《おうじ》が帰《かえ》ってくるまで、せいいっぱい王子《おうじ》らしくふるまわなくてはいけないと、トムはかくごを決《き》めました。

国王《こくおう》は、王子《おうじ》の病気《びょうき》を心配《しんぱい》して、いちばん信《しん》らいできる自分《じぶん》の弟《おとうと》、ハートフォード卿《*きょう》に、いつも、王子《おうじ》のそばについているように、と命《めい》じました。トムは、とてもつかれて部屋《へや》にもどりました。

「はあ……もう、くたくただ。ちょっとねむりたいな……。」

トムがつぶやくと、部屋係《へやがかり》の家来《けらい》たちが、手取《てと》り足取《あしと》り、服《ふく》もくつもぬがせて、ねまきに着《き》がえさせてくれました。トムがベッドに入《はい》っても、家来《けらい》たちがまわりにずらりとならんで、立《た》っているので、気《き》になってしかたありません。

「『下《さ》がれ』と、命令《めいれい》なさいませ。」

ハートフォード卿《きょう》が耳打《みみう》ちしてくれました。トムがそう命令《めいれい》すると、家来《けらい》たちは一《いっ》せいに部屋《へや》から出《で》ていきました。トムはようやくひとねむりすることができました。

目《め》ざめると、また家来《けらい》たちがやってきて、頭《あたま》のてっぺんから足先《あしさき》まで、身《み》じたくを整《ととの》えてくれました。

ハートフォード卿《きょう》につきそわれて食事室《しょくじしつ》へ行《い》くと、王子《おうじ》一人《ひとり》のテーブルが真《ま》ん中《なか》に用意《ようい》されていて、ごちそうが山《やま》ほどもられた、金《きん》の食器《しょっき》がならんでいました。ここにも大《おお》ぜいの食事係《しょくじがかり》の家来《けらい》たちが、立《た》っています。

＊卿《きょう》…イングランドで、地位《ちい》や身分《みぶん》を表《あらわ》すよび名《な》。

トムは、いつもの調子《ちょうし》でナイフもフォークも使《つか》わず、肉《にく》も野菜《やさい》も、スープまでも、手《て》づかみで食《た》べはじめました。すると、あわてた食事係《しょくじがかり》が、急《いそ》いでトムの首《くび》にナプキンをむすびつけました。べつの係《かかり》が、バラのかおりがする水《みず》を、金《きん》の皿《さら》に入《い》れて持《も》ってきました。よごれた指《ゆび》をあらうための水《みず》です。トムはなんと、これを一気《いっき》に飲《の》みほしてしまいました。

そして、デザートもたいらげました。

「ああ、ぱんぱんだ。もう何《なに》も入《はい》らない！」

トムはおなかをさすりながらいいました。そして皿《さら》から、からっきのクルミをつかむと、ズボンの中《なか》につめこみました。

このようすを見《み》ていた家来《けらい》たちは、びっくりしました。うわさのとおり、王子《おうじ》はおかしくなっているのです。しかし、国王《こくおう》の命令《めいれい》を聞《き》いているので、みんなわらいもせず、見《み》て見《み》ぬふりをして、かしこまっていました。

王子《おうじ》の部屋《へや》にもどってきたトムは、ようやく一人《ひとり》きりになることができました。クルミをズボンからつまみだすと、からをどうやってわろうかと、あたりを見回《みまわ》しました。

「そうだ。あれが、ちょうどいいや！」

トムは、部屋《へや》のすみのかっちゅうから、王《おう》子《じ》がかくした金《きん》の丸《まる》いかたまりを取《と》りだし、

それからをたたきわって、おいしそうにむしゃむしゃ食《た》べました。食《た》べおわると、それを元《もと》の場所《ばしょ》にもどしておきました。じつは、この金《きん》のかたまりは、王家《おうけ》にとって、とても大切《たいせつ》なものなのですが、トムは、そんなことを知《し》るわけもありませんでした。

トムは一息《ひといき》ついて、いすにすわると、ゆから天《てん》じょうまでとどく、大《おお》きな本《ほん》だなに気《き》がつきました。おもしろそうな本《ほん》がずらりとならんでいて、背表紙《せびょうし》をながめているだけでもわくわくします。

（『イングランド王家《おうけ》のしきたり』[*1]、これはいい。王子様《おうじさま》が帰《かえ》ってくるまで、王子《おうじ》として必要《ひつよう》なことを勉強《べんきょう》しておこう！）

読書《どくしょ》にふけり、ほっとしたのもつかの間《ま》、ハートフォード卿《きょう》が、トムのようすを見《み》に部屋《へや》に入《はい》ってきました。

「殿下《でんか》、今夜《こんや》はロンドン市長《しちょう》のパーティーに、ご出席《しゅっせき》の予定《よてい》です。その前《まえ》にパレードがございます。さあ、ごじゅんびを！　市民《しみん》たちが、殿下《でんか》のお出《で》ましをお待《ま》ちです！」

日《ひ》のしずむころ、りっぱな服《ふく》に身《み》をつつんだトムは、貴族《きぞく》たちや外国《がいこく》からの＊2大使《たいし》たちをしたがえて、馬《うま》に乗《の》って市内《しない》を行進《こうしん》しました。道《みち》の両側《りょうがわ》からは、大《だい》かん声《せい》がわきあがり、夜空《よぞら》には次々《つぎつぎ》と花火《はなび》が打《う》ちあげられます。なんとすばらしい光景《こうけい》でしょう。トムは目《め》を見《み》はりました。空想《くうそう》の世界《せかい》の出来事《できごと》ではありません。ふしぎな運命《うんめい》のいたずらで、こじきのトムが、今《いま》こうして、イングランドの王子《おうじ》としてどうどうと行進《こうしん》しているのです。

＊1しきたり…昔《むかし》からの習慣《しゅうかん》。やってきたこと。＊2大使《たいし》…国《くに》を代表《だいひょう》して外国《がいこく》に行《い》き、その国《くに》と親交《しんこう》したり、そこに住《す》む自国《じこく》の人《ひと》を守《まも》ったりする役目《やくめ》の人《ひと》。

4

エドワード王子《おうじ》がこじきに！

ロンドンじゅうがお祭《まつ》り気分《きぶん》でもりあがっているころ、エドワード王子《おうじ》は、トムの父親《ちちおや》、ジョン・カンティに引《ひ》きずられて、がらくた横町《よこちょう》のきたない家《いえ》までつれてこられました。

家《いえ》のまわりには近所《きんじょ》の人《ひと》たちが集《あつ》まってきて、カンティ親子《おやこ》のやりとりをおもしろそうにのぞきこんでいます。

「ぶれい者《もの》、はなせ！　わたしはイングランドの第《だい》一王子《おうじ》、エドワードだ。」

「いつまでそんなことをいってるんだ。いいかげんにしろ。これで

も食《く》らえ！」
ジョンは、王子《おうじ》をこんぼうでなぐろうとしました。
「ちょっと待《ま》ちなさい！」
そのとき、一人《ひとり》の男《おとこ》がさけび、ジョンの手《て》をおさえて、止《と》めました。

*食《く》らう…よくないことを自分《じぶん》の身《み》に受《う》ける。

「なんだと、じゃまするんじゃねえ。」

ジョンは、その男《おとこ》の手首《てくび》をたたき、頭《あたま》を力《ちから》まかせになぐりつけました。王子《おうじ》を助《たす》けようとした男《おとこ》は、その場《ば》にばったりたおれてしまいました。

「ふん、よけいなことをするからだ。ざまあ見《み》やがれ。」

ジョンはそうはきすてると、男《おとこ》には目《め》もくれず、王子《おうじ》を引《ひ》っぱり、家《いえ》の中《なか》に入《はい》りました。

「いい見《み》せ物《もの》が始《はじ》まるぞ。さあ、自己《じこ》しょうかいしてみな。」

ジョンはおもしろがって家族《かぞく》をよびました。

「おまえに命令《めいれい》されるすじ合《あ》い*などない。身《み》のほどを知《し》らぬ、ぶれい者《もの》めが……。聞《き》きたければ、もう一度《いちど》だけいってやる。わたしはイングランド王子《おうじ》、エドワードだ。」

王子《おうじ》の顔《かお》は、いかりにもえて真《ま》っ赤《か》です。

「ああ、かわいそうに。あんまり本《ほん》ばかり読《よ》むもんだから、おかしくなっちまったんだ。とんでもない、そんな大《だい》それたことをいったら、あたしたち家族《かぞく》はみな殺《ごろ》しだよ！」

トムの母親《ははおや》はおろおろして、なきだしました。

すると、王子《おうじ》は、やさしく母親《ははおや》にいいます。

「心配《しんぱい》するな。おまえのむすこは宮殿《きゅうでん》にいる。おかしくなど、なっておらぬ。早《はや》く宮殿《きゅうでん》につれていってくれ。そうすれば父上《ちちうえ》、ヘンリー八世《せい》が、おまえのむすこを返《かえ》してくださるだろう。」

それを聞《き》いた二人《ふたり》の姉《あね》たちが、口《くち》をそろえて、父親《ちちおや》にたのみました。

＊すじ合《あ》い…物事《ものごと》をそうする（される）たしかな理由《りゆう》。

「父《とう》さん、トムはつかれているのよ。少《すこ》し休《やす》ませてやってよ！」

「かせぎもないやつを、あまやかすわけにはいかねえんだよ！」

ジョンが、王子《おうじ》の顔《かお》を何度《なんど》もなぐりつけました。たまりかねた母《はは》親《おや》が王子《おうじ》をかばい、間《あいだ》にわりこもうとしたとき……。

ドンドンドン！　とつぜんげんかんのドアを、ものすごいいきおいでたたく音《おと》が聞《き》こえました。

「だれだ。」

ジョンがどなりました。

すると、近所《きんじょ》の男《おとこ》が、とびらをおしあけて、とびこんできました。

「たいへんだ！　さっきおまえが、なぐりたおした男《おとこ》が死《し》んじまったぞ。あれがだれだか知《し》っているのか。」

「いいや、知《し》らねえな。」

「ありゃあ、アンドリュー神父《しんぷ》だぞ。神父《しんぷ》を殺《ころ》したとなりゃ、おまえら一家《いっか》、命《いのち》はないぞ！」

「なんだって。そりゃまずいな。ぐずぐずしちゃ、いられねえ。」

五分《ふん》もたたないうちに、カンティ一家《いっか》は、夜《よる》の町《まち》を全力《ぜんりょく》で走《はし》っていました。ジョンは、王子《おうじ》がにげないように、しっかりとうでをつかんでいます。

川岸《かわぎし》へ出《で》ると、パレードを一目見《ひとめみ》ようと、どこもかしこも人《ひと》であふれていました。人《ひと》ごみにのまれ、一家《いっか》は、ばらばらに、はぐれてしまいました。しかしジョンは、王子《おうじ》のうでをはなしません。そのまま進《すす》むうちに、ジョンは、男《おとこ》にドスンとぶつかりました。

「じゃまだ、早《はや》く、どきやがれ！」

「もうすぐ王子様《おうじさま》がお出《で》ましなんだ。こんなにうれしい夜《よる》はないぜ。きさまも王子様《おうじさま》のために乾杯《かんぱい》しようじゃねえか。」

男《おとこ》は、大《おお》きなさかずき*1をつきつけてきました。

酒《さけ》に目《め》がないジョンは、王子《おうじ》から手《て》をはなし、両手《りょうて》でさかずきを受《う》けとりました。そのすきに、王子《おうじ》は、す早《ばや》く人《ひと》ごみの中《なか》へにげていきました。

　王子《おうじ》は今晩《こんばん》、市長《しちょう》のパーティーが、市議会堂《しぎかいどう》で開《ひら》かれることをおぼえていました。王子《おうじ》になりすましたトムが、あらわれるはずです。王子《おうじ》は、人《ひと》の波《なみ》をかきわけて、市議会堂《しぎかいどう》を目指《めざ》して歩《ある》きました。トムにまんまとだまされて、王子《おうじ》の地位《ちい》をうばわれたにちがいないと思《おも》えてきて、はらが立《た》ってしかたがありませんでした。

「あのこじきめ！　今《いま》に見《み》ていろ、みんなの前《まえ》で、化《ば》けの皮《かわ》をはがしてやる！」

　王子《おうじ》が市議会堂《しぎかいどう》にたどりつくと、トムはすでに中《なか》に入《はい》り、席《せき》に着《つ》いていて、式典《しきてん》が始《はじ》まっていました。

「王子様《おうじさま》、バンザーイ！　イングランドに栄光《えいこう》[*2]あれ！」というかん声《せい》が、外《そと》に聞《き》こえてきます。


*1さかずき…お酒《さけ》をついで飲《の》むうつわ。　*2栄光《えいこう》…ほこらしく、光《ひか》りかがやくこと。

本物《ほんもの》のエドワード王子《おうじ》は、市議会堂《しぎかいどう》の入《い》り口《ぐち》に乗《の》りこんで、さけびました。

「だれに向《む》かって、いっているのだ。エドワード王子《おうじ》はここにいる！　みなの者《もの》、だまされるな。中《なか》にいるのは、にせ者《もの》だ！」

市議会堂《しぎかいどう》の前《まえ》に集《あつ》まっていた人《ひと》たちは、大声《おおごえ》を上《あ》げて、わらいました。

「おい、あのおかしなこじきの小《こ》ぞうを見《み》たかい。」

からかう者《もの》は大《おお》ぜいいても、だれ一人《ひとり》、王子《おうじ》のいうことを信《しん》じようとはしません。それでも、王子《おうじ》は、なみだをぽろぽろ流《なが》しながら、必死《ひっし》にうったえました。

「たとえ、だれも信《しん》じてくれなくても、真実《しんじつ》をさけびつづけるぞ。

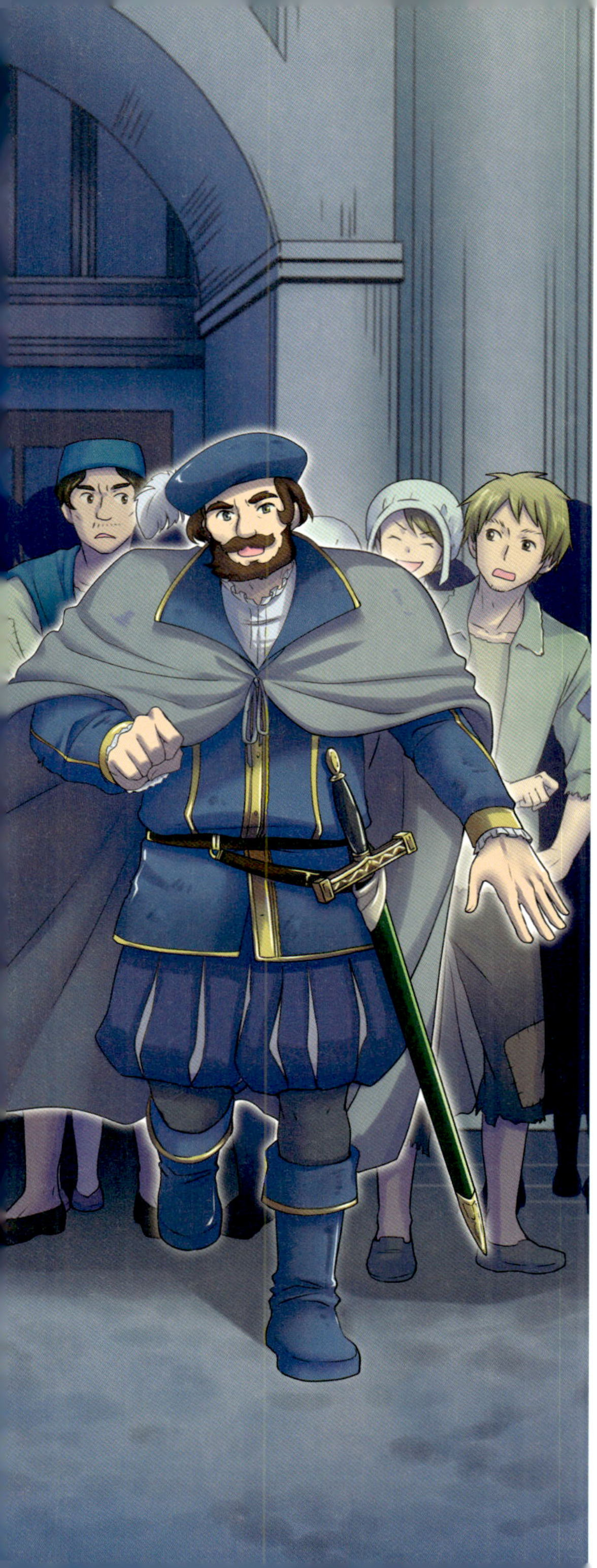

わたしがイングランドの王子《おうじ》、エドワードなのだ！」

「あいつをだまらせせろ！　池《いけ》にぶちこんでしまえ！」

*やじ馬《うま》たちは、よってたかって、王子《おうじ》におそいかかりました。

そのとき、一人《ひとり》の背《せ》の高《たか》いたくましい男《おとこ》が、人《ひと》ごみの中《なか》から走《はし》りでて、王子《おうじ》に近《ちか》づきました。

*やじ馬《うま》…事件《じけん》などが起《お》こると、自分《じぶん》には何《なに》も関係《かんけい》がないのに、わけもなくさわいで見物《けんぶつ》する人々《ひとびと》。

「王子《おうじ》であろうとなかろうと、じつに、ゆうかんな少年《しょうねん》だ！　気《き》に入《い》ったぞ。このマイルス・ヘンドンが、味方《みかた》になってやろう。」

男《おとこ》は、王子《おうじ》を自分《じぶん》の後《うし》ろにかくしました。王子《おうじ》は、とっさの出来《でき》事《ごと》におどろいて、目《め》をぱちくりさせています。

「なんだ、あのへんな大男《おおおとこ》は！　やっちまえ！」

やじ馬《うま》の一人《ひとり》が、向《む》かっていくと、男《おとこ》は、さっと長《なが》い剣《けん》をぬいて、刃《は》の背《せ》でなぐりつけました。やじ馬《うま》は、地面《じめん》にたたきつけられ、気《き》絶《ぜつ》してしまいました。

それを見《み》ていた、ほかのやじ馬《うま》たちがおこりだし、次々《つぎつぎ》と男《おとこ》におそいかかっていきました。いくらたくましい大男《おおおとこ》でも、前《まえ》からも後《うし》ろからも、一度《いちど》に何十人《なんにん》にもせめてこられたら、かないっこありません。自分《じぶん》が盾《たて》になり、必死《ひっし》に守《まも》っていた王子《おうじ》を、つれていかれそうになりました。

パンパカパーン！

そのとき、とつぜんラッパが鳴《な》りひびき、騎《き》兵隊《へいたい》が、大急《おおいそ》ぎで市《し》議会堂《ぎかいどう》へと進《すす》んでいきました。国王陛下《こくおうへいか》からの、大事《だいじ》な急《いそ》ぎの知《し》らせにちがいありません。

やじ馬《うま》たちが、あわててあちこちへ散《ち》ったすきに、男《おとこ》は、おびえてぶるぶるふるえている王子《おうじ》をかかえて、反対側《はんたいがわ》の暗《くら》がりににげこみ、走《はし》っていきました。

5
エドワードと新《あたら》しい家来《けらい》

マイルス・ヘンドンと王子《おうじ》は、うら道《みち》づたいにロンドン橋《ばし》のほうへにげていきました。そこまで来《く》るころには、先《さき》ほどの宮殿《きゅうでん》からの急《いそ》ぎの知《し》らせが、町《まち》のすみずみにまで知《し》れわたっていました。国王《こくおう》ヘンリー八世《せい》が亡《な》くなったのです。どこに行《い》ってもこの話題《わだい》で持《も》ちきりでした。

その知《し》らせは、こじきの子《こ》に落《お》ちぶれた、王子《おうじ》の耳《みみ》にも入《はい》りました。王子《おうじ》の胸《むね》は、父親《ちちおや》の悲《かな》しい知《し》らせで、はりさけそうでした。ヘンリー八世《せい》は、国民《こくみん》からはとてもこわがられていました。きびしい法律《ほうりつ》やおそろしいばつを作《つく》ったからです。でも、王子《おうじ》には、やさしい父《ちち》親《おや》だったのです。王子《おうじ》は、父親《ちちおや》が亡《な》くなるときに会《あ》えなかったことが、くやしくて、なさけなくて、なみだが止《と》まりませんでした。

「国王陛下《こくおうへいか》、エドワード六世《せい》、ばんざーい！」

しげみの向《む》こうから、人々《ひとびと》のかん声《せい》が聞《き》こえてきました。すると、王子《おうじ》の目《め》は、きりっと引《ひ》きしまりました。

（ああ、なんてふしぎな気持《きも》ちだろう。わたしが国王《こくおう》になるのだ。）

王子《おうじ》は、小指《こゆび》の先《さき》まで、きんちょうでうちふるえました。

ヘンドンは、ロンドン橋《ばし》の上《うえ》の宿屋《やどや》にとまっていました。王子《おうじ》をつれてその入《い》り口《ぐち》に近《ちか》づいたとき、「おい！」と、後《うし》ろからどなり声《ごえ》が聞《き》こえました。

「とうとう見《み》つけたぞ！　もうにがさねえ……今度《こんど》こそおしおきをしてやるからな、かくごしろ！」

いきなり手《て》をのばして、王子《おうじ》のえり首《くび》をつかもうとしたのは、ほかならぬトムの父親《ちちおや》、ジョン・カンティでした。

「待《ま》て！　らんぼうはやめろ。きさまは何者《なにもの》だ。」

ヘンドンがとっさに立《た》ちふさがって、ジョンをにらみました。

「おれ様《さま》は、こいつの父親《ちちおや》だ！　文句《もんく》はいわせねえ。」

すると、王子《おうじ》が声《こえ》をはりあげました。

「うそだ！　わたしの父上《ちちうえ》は、ヘンリー八世《せい》だ。こいつのところに行《い》くくらいなら、死《し》んだほうがましだ。」

「おお、そうか。その言葉《ことば》を信《しん》じよう。きさまなんかに、この子《こ》をぜったいわたすものか！」

ヘンドンは、長《なが》い剣《けん》のつか*に手《て》をかけて、身《み》がまえました。

ジョンは、にくらしげにヘンドンをにらみつけて、力《ちから》づくでも、むすこを取《と》りもどそうと一歩《いっぽ》ふみだしましたが、ヘンドンの気合《きあい》に完全《かんぜん》に負《ま》けてしまいました。

「くそ、おぼえてやがれ！」

くやしそうにすてぜりふをのこして、ジョンは走《はし》りさりました。

*つか…刀《かたな》や剣《けん》などの、手《て》でにぎる部分《ぶぶん》。

ヘンドンは、王子《おうじ》をつれて、宿屋《やどや》に入《はい》ると、主人《しゅじん》に食事《しょくじ》を持《も》ってくるようにたのんで、三階《かい》の小《ちい》さな部屋《へや》に上《あ》がりました。王子《おうじ》は、ベッドまで歩《ある》いていくと、あおむけにたおれるように転《ころ》がりました。きのうの昼近《ひるちか》くからずっと歩《ある》きつづけて、ほとんどねていなかったのです。もう明《あ》け方近《がたちか》くになっていました。

「食事《しょくじ》の用意《ようい》ができたら、起《お》こしてくれ。」

王子《おうじ》はささやくと、あっという間《ま》に、ぐうぐうねむってしまいました。ヘンドンは少年《しょうねん》のね顔《がお》を見《み》つめて、思《おも》わずにっこりしました。

「まったく、おどろいたな！　なかなか、どうどうとしたものだ。それにこじきの子《こ》にしては上品《*じょうひん》だ。かわいそうに……。一人《ひとり》ぼっちで、さんざんつらい目《め》にあって、おかしくなっちまったんだな。

よし、おれが、とことんめんどうを見《み》て、病気《びょうき》をなおしてやろうじゃないか。命《いのち》をかけて守《まも》ってやるぞ。」

しばらくすると、宿屋《やどや》の使用人《しようにん》が食事《しょくじ》を運《はこ》んできました。その物《もの》音《おと》におどろいて、王子《おうじ》は目《め》をさましました。

そして、テーブルに着《つ》くと、さっそくもりもり食《た》べはじめました。ヘンドンもいっしょに食《た》べようとして、向《む》かいの席《せき》に、ドスっとすわったとたん……。

「待《ま》てっ。国王《こくおう》の前《まえ》で、すわるのか、ぶれい者《もの》！」

王子《おうじ》は、ヘンドンをしかりとばしました。

＊上品《じょうひん》…その人《ひと》やその物《もの》にそなわっている、すぐれたようすや気高《けだか》さ。

ヘンドンは、びっくりすると同時《どうじ》に、感心《かんしん》しました。さっきまでは「王子《おうじ》」だといっていましたが、今度《こんど》は「国王《こくおう》」になっています。ヘンリー八世《せい》が亡《な》くなったことを知《し》っているのだと思《おも》うと、この少年《しょうねん》は、ただのおかしなこじきの子《こ》どもではないような気《き》がしました。

（そうとなりゃ、つきあって、家来《けらい》らしくふるまってやろう。）

ヘンドンは王子《おうじ》の後《うし》ろに立《た》って、家来《けらい》のようにふるまいました。

おなかがいっぱいになると、王子《おうじ》はきげんがよくなりました。

「たしか、マイルス・ヘンドンという名前《なまえ》だったな。」

「さようでございます、陛下《へいか》！」

「おまえはわたしにとてもよくしてくれる。しかも礼《れい》ぎ正《ただ》しい。貴族《きぞく》の生《う》まれなのか。おまえのことをよく知《し》りたい。」

「おそれいりましてございます。わが一族《いちぞく》は、父《ちち》の手《て》がらにより貴《き》族《ぞく》にしていただきました。＊ケント州《しゅう》に屋《や》しきがございます。父《ちち》、リチャードはのんびりした人《ひと》でしたが、弟《おとうと》のヒューというのがどうしようもなく悪《わる》いやつでして……。わたしは、やってもいない悪事《あくじ》をでっちあげられ、父《ちち》に家《いえ》を追《お》いだされてしまったのです。その後《ご》、軍人《ぐんじん》になろうと、外国《がいこく》へわたりました。そこで敵《てき》につかまり、七年間《ねんかん》ろう屋《や》に入《い》れられていたのです。やっと解放《かいほう》されたので、ひさしぶりにふるさとのケント州《しゅう》に行《い》き、屋《や》しきがどうなっているか、見《み》てこようと思《おも》っているのでございます。」

「気《き》のどくに、ひどい目《め》にあわされたものだなあ。神《かみ》にちかって、国王《こくおう》のわたしが、弟《おとうと》への仕返《しかえ》しをはたしてやろう。やくそくする。」

＊ケント州《しゅう》…イギリスのロンドン南東部《なんとうぶ》にある地域《ちいき》。

ヘンドンは、王子《おうじ》のまっすぐな気持《きも》ちにうれしくなりました。

「おまえは、わたしの命《いのち》をすくい、国王《こくおう》の地位《ちい》をも、守《まも》ってくれた。ほうびを取《と》らせるぞ。なんでもほしいものを申《もう》してみよ。」

ヘンドンは、あれこれと考《かんが》えて、いたずらっぽくほほえみました。

「おそれながら、わたしは陛下《へいか》の家来《けらい》として、あたりまえの役目《やくめ》をはたしただけでございます。おほめにあずかることもございませんが、ただ一《ひと》つだけ、おねがいがございます。」

「なんだ。なんでも申《もう》してみろ。」

「それは……わたしとわたしの子《こ》や孫《まご》が、イングランド国王《こくおう》の御前《おんまえ》で、いすにすわることを、おゆるしねがいたいのでございます。」

ヘンドンはこのままいつまでも、立《た》たされていてはたまらないと思《おも》っていたところでした。
「よし、わかった！　それから、おまえに*騎《き》士《し》の位《くらい》をさずけよう。」
王子《おうじ》は、ヘンドンの長《なが》い剣《けん》を取《と》って、それをヘンドンの肩《かた》に当《あ》て
て、騎《き》士《し》の位《くらい》をさずける儀《ぎ》式《しき》を行《おこな》いました。

*騎《き》士《し》…昔《むかし》のヨーロッパで、馬《うま》に乗《の》り、剣《けん》ややりを持《も》って戦《たたか》った戦《せん》士《し》。ナイト。

「マイルス・ヘンドン、いすにすわれ。おまえのねがいは聞《き》きとどけた。イングランドのあるかぎり、王家《おうけ》のつづくかぎり、おまえの一族《いちぞく》が国王《こくおう》の前《まえ》ですわることをゆるす！」

ようやくいすにすわることができて、ヘンドンはほっとしました。

「陛下《へいか》、ありがたき幸《しあわ》せでございます。」

ヘンドンは、すっかりこのこじきの少年《しょうねん》が気《き》に入《い》りました。王子《おうじ》もヘンドンを信《しん》らいして、安心《あんしん》しきっています。

そして、王子《おうじ》はまたベッドにもぐりこむと、すやすやとねむってしまいました。

ねている王子《おうじ》をのこして、ヘンドンは買《か》い物《もの》に出《で》かけました。王《おう》子《じ》にぼろの服《ふく》の代《か》わりに、もう少《すこ》しましな古着《ふるぎ》を、買《か》ってやりたく

なったからです。
　三、四十分《ぷん》たって、ヘンドンは、つつみをかかえ、鼻歌《はなうた》を歌《うた》いながら帰《かえ》ってきました。
「陛下《へいか》、お起《お》きください。陛下《へいか》！」

　王子《おうじ》の体《からだ》にふれてみようとしましたが、ベッドの中《なか》は空《から》っぽです。

「おやっ、おかしいぞ！」

　ヘンドンは、おにのようにこわい顔《かお》で、宿屋《やどや》の主人《しゅじん》をよびつけました。

「おいっ！　子《こ》どもはどこだ、いったいどうしたっていうんだ？」

　ヘンドンは、主人《しゅじん》のえり首《くび》をつかんで、はげしくゆさぶりながらききました。

「わたしは、何《なに》も……。ヘンドン様《さま》がお出《で》かけになってすぐ、わかい男《おとこ》がかけこんできましてね。ヘンドン様《さま》が、橋《はし》のそばで待《ま》っているから、子《こ》どもをつれてくるようにいわれたからって、子《こ》どもをゆすりおこして、つれていったんですよ。わたしは、てっきりヘンドン様《さま》の使《つか》いとばっかり思《おも》ったもんで……。」

「ちきしょう！　そいつは一大事《いちだいじ》だ。あの父親《ちちおや》の仲間《なかま》にちがいない。なんとしても、さがしだしてみせるぞ。イングランドじゅうをた

ずねまわっても、あの子《こ》を取《と》りかえしてみせる！」
ヘンドンは、大急《おおいそ》ぎで宿屋《やどや》をとびだしていきました。

6 トム、イングランド国王《こくおう》になる

王子《おうじ》がジョンの仲間《なかま》につれさられた日《ひ》の明《あ》け方《がた》、トムは深《ふか》いねむりからさめました。

「ああ、すてきなゆめだった。王様《おうさま》になったゆめを見《み》たんだよ、母《かあ》さん、姉《ねえ》さん。」

トムはぼんやり目《め》をこすりながら、さけびました。

「何《なに》か、ご命令《めいれい》なさいましたか。」

家族《かぞく》ではない、だれかがそばにかけよります。トムはがっかりしました。ここはウェストミンスター宮殿《きゅうでん》のしん室《しつ》でした。

国王《こくおう》の朝《あさ》の身《み》じたくは、おどろくほど時間《じかん》がかかりました。下着《したぎ》からくつ下《した》、ズボン、シャツ、上着《うわぎ》、王冠《おうかん》、宝石《ほうせき》、勲章《くんしょう》……一《ひと》つのこらず、大《おお》ぜいの家来《けらい》たちの手《て》で、トムの体《からだ》につけられるのでした。長《なが》く、じつにあきあきする着《き》がえがすむと、せん顔《がん》や歯《は》みがきも、水《みず》をつぐ係《かかり》、あらう手伝《てつだ》いをする係《かかり》、タオルをさしだす係《かかり》……こちらもたいへんな人数《にんずう》でした。

食事《しょくじ》をすませると、五十人《にん》の家来《けらい》たちを引《ひ》きつれて、大広間《おおひろま》へうつり、王《おう》のいすにすわりました。

次《つぎ》から次《つぎ》へと、あいさつにやってくる貴族《きぞく》たちに会《あ》い、それが終《お》わると係《かかり》の者《もの》が、山《やま》のようにつんである法律《ほうりつ》の書類《しょるい》や、国王《こくおう》へのねがいごとがかかれている書類《しょるい》を、一《ひと》つ一《ひと》つ読《よ》みあげていきます。

トムは、ハートフォード卿《きょう》の助言《じょげん》にしたがって、ただうなずいたり、「よきにはからえ！」といったりするのです。

国王《こくおう》の仕事《しごと》というのは、なんてたいくつなものなのだろうと、トムはつくづくあきれました。

「神様《かみさま》は、どうしてこのぼくを、広《ひろ》い自由《じゆう》な青空《あおぞら》の下《した》から、こんなきゅうくつな宮殿《きゅうでん》にとじこめて、苦《くる》しめるのだろう。」

一通《ひととお》りの仕事《しごと》を終《お》え、部屋《へや》にもどったトムがしょんぼりしていると、一人《ひとり》の少年《しょうねん》が、おそるおそる入《はい》ってきました。

「何者《なにもの》だ、なんの用《よう》だ。」

「陛下《へいか》、まさか、わたしのことをおわすれではないでしょうね。ハンフリー・マーロウでございます。陛下《へいか》のホイッピング・ボーイです。おねがいごとがあって、まいりました。」

「ホイッピング・ボーイだって。」

「はい、陛下《へいか》がお勉強《べんきょう》をなさるときに、いつもおとなりにおります。陛下《へいか》がおまちがえになるたびに、ばつとして、教師《きょうし》がわたくしの背中《せなか》をむちで打《う》つのです。」

トムは、あわてて思《おも》いだしたふりをしました。

「ああ、そうであった。だが、わたしのまちがいのために、なぜ、おまえが打《う》たれなければならないのだ。長《なが》い間《あいだ》、さぞかし、つらかったであろう。そんなばかばかしい役目《やくめ》から、すぐにはずしてやろう。」

「いいえ、陛下《へいか》！　わたくしは、そんなことをおねがいにまいったのではございません。陛下《へいか》の神聖《しんせい》なお体《からだ》をいためつけることは、だれにもできません。ですから、わたくしが身代《みが》わりをつとめさせていただいているのです。そのおかげで、両親《りょうしん》のいないわたしたち兄弟《きょうだい》は、お給料《きゅうりょう》をいただき、生活《せいかつ》ができるのですから、なんの不満《ふまん》もございません。」

まったくへんな習慣《しゅうかん》が、王家《おうけ》にはあるものです。トムにはとても信《しん》じられないことでした。

「では、おまえのねがいとは、いったいなんなのだ。話《はな》してみよ。」

「陛下《へいか》が、国王《こくおう》になられて、もしかしてお勉強《べんきょう》をおやめになりはしないかということが、心配《しんぱい》なのです。もしもそうなりましたら、わたくしの役目《やくめ》はいらなくなります。わたしたち兄弟《きょうだい》は、うえ死《じ》にするしかなくなってしまうのです。」

「わかった。何《なに》も心配《しんぱい》することはない。勉強《べんきょう》はやめないぞ。おまえの役目《やくめ》がいつまでもつづくようにしてやる。おまえの子《こ》や孫《まご》の代《だい》まで、いつまでもな。」

トムは、心《こころ》の広《ひろ》い国王《こくおう》らしいたいどで、ハンフリーにやくそくしました。

「立《た》て、ハンフリー・マーロウ。イングランド王家《おうけ》のホイッピング・ボーイよ。わたしはできるだけたくさんまちがえて、おまえの給料《きゅうりょう》を三倍《ばい》に上《あ》げてみせよう！」

ハンフリーは、国王《こくおう》のやさしさに感激《かんげき》しました。

「陛下《へいか》、ありがとうございます。ゆめのような幸《しあわ》せを、わたくしの一族《いちぞく》にくださいました。」

トムは、ハンフリーと出会《であ》えてほっとしました。同《おな》い年《どし》なので友《とも》だちのように、心《こころ》をゆるしてなんでもきくことができました。わからなかった宮殿《きゅうでん》のしきたりについても、いろいろと教《おし》えてもらいました。

新国王《しんこくおう》となってしばらくすると、宮殿《きゅうでん》でのくらし方《かた》にも、だいぶなれてきました。家来《けらい》たちの新《あたら》しい役割《やくわり》を決《き》める会議《かいぎ》や、外国《がいこく》の大《たい》

使《し》たちとの会議《かいぎ》を終《お》えたあと、トムは席《せき》をはなれてまどぎわに立《た》ち、町《まち》のようすをながめていました。

「いいなあ！」

トムは、のびのびと自由《じゆう》に歩《ある》いている人《ひと》たちが、うらやましくなりました。ついこの間《あいだ》までは、宮殿《きゅうでん》の生活《せいかつ》にあこがれて、本物《ほんもの》の王《おう》子様《じさま》に会《あ》ってみたいとねがっていたのに……。

とんだことから国王《こくおう》になってみると、こんなきゅうくつな生活《せいかつ》ってあるでしょうか。まるでおりに入《い》れられた、けものみたいです。金《きん》ぴかの美《うつく》しい物《もの》にかこまれて、テーブルには食《た》べきれないほどのごちそうがならびますが、そこには自由《じゆう》というものが、まるでないのです。

トムは、こんなくらしより、がらくた横町《よこちょう》のびんぼう生活《せいかつ》のほうが、ずっと楽《たの》しいと思《おも》いました。

ちょうどそのとき、大《おお》ぜいのやじ馬《うま》たちに取《と》りかこまれて、母親《ははおや》とそのむすめらしい二人《ふたり》が、くさりにつながれ、役人《やくにん》に引《ひ》きずられていくのが見《み》えました。

「あれはなんだ。」

トムは、ふりかえってハートフォード卿《きょう》にたずねました。

「おのぞみでしたら、たずねさせましょう。」

ハートフォード卿《きょう》が、そばにいた家来《けらい》を外《そと》に走《はし》らせると、間《ま》もなくもどってきました。

「あの者《もの》たちは、ゆるしがたい悪事《あくじ》をはたらきました。悪魔《あくま》にたましいを売《う》った魔女《まじょ》です。死刑《しけい》が決《き》まり、死刑場《しけいじょう》へつれていかれるところでございます。」

「死刑《しけい》だと？　見《み》たところ、そんなおそろしい者《もの》たちには見《み》えないが……。会《あ》って話《はなし》がしてみたい。ここにつれてまいれ。」

母親《ははおや》とむすめの二人《ふたり》は国王《こくおう》の前《まえ》に来《く》ると、ひれふしてなきながらうったえました。

「陛下《へいか》、おねがいです、お助《たす》けください。信《しん》じてください！　わたしたちは魔女《まじょ》ではありません。無実《むじつ》です。どうか死刑《しけい》にしないでください。」

「こら、でたらめをいうな！　陛下《へいか》、*証人《しょうにん》は何百人《なんびゃくにん》もおります。あの晩《ばん》、二人《ふたり》が、古《ふる》い教会《きょうかい》にしのびこんだとたん、嵐《あらし》が起《お》こり、村《むら》じゅうの家《いえ》や畑《はたけ》がめちゃめちゃになってしまったのです。悪魔《あくま》から手《て》に入《い》れた、魔法《まほう》の力《ちから》を使《つか》ったにちがいありません。おそろしいことではございませんか！」

母親《ははおや》とむすめをつないだ、くさりを持《も》っている役人《やくにん》が、いいました。

「それでは、この女《おんな》たちは嵐《あらし》にあわなかったのか。」

「もちろんあっております。この者《もの》たちの家《いえ》も、見《み》るもむざんにふきとばされました。」

「そうか。自分《じぶん》たちまでも、そんなおそろしい目《め》にあうような魔力《まりょく》を、悪魔《あくま》から買《か》うものかな……。おかしいではないか。自分《じぶん》の家《いえ》

*証人《しょうにん》…ある事実《じじつ》や事《こと》がらについて、それを明《あき》らかにする人《ひと》。

までこわしてしまうとは、そんな、まぬけな魔女《まじょ》がいるものかな。」

トムのかしこいはんだんに、家来《けらい》たちはみんな、感心《かんしん》してうなずきあっています。

「いったいどういう方法《ほうほう》で、嵐《あらし》をよびおこすのだ。」

トムが興味《きょうみ》しんしんにたずねると、役人《やくにん》がまじめくさった顔《かお》で、答《こた》えました。

「この女《おんな》がくつをぬぎまして、何《なに》やらじゅもんをとなえると、嵐《あらし》が起《お》こる、という話《はなし》でございます。」

「それは、見《み》てみたいものだな。そうだ、母親《ははおや》に一《ひと》つたのみがある。小《ちい》さな嵐《あらし》でよいから、よびおこして見《み》せてくれないか。そうすればおまえたちを死刑《しけい》にはしない。自由《じゆう》の身《み》にしてやろう。さあ、魔力《まりょく》を見《み》せてくれ！」

「ああ、国王陛下《こくおうへいか》、わたしにそんな力《ちから》はございません。自分《じぶん》の命《いのち》など、どうなってもかまいません。むすめの命《いのち》が助《たす》かるのなら、いくらでも嵐《あらし》を起《お》こして、お見《み》せしたい！　でもざんねんながら、わたしには、そんな力《ちから》はないのです。」

母親《ははおや》は、なみだを流《なが》してトムにうったえました。

トムは満足《まんぞく》そうに、にっこりとほほえみました。

「この女《おんな》のいうことは、真実《しんじつ》だ。わが子《こ》の命《いのち》がすくわれると聞《き》けば、母親《ははおや》ならばだれだって、魔力《まりょく》があるとしたら、まよわず嵐《あらし》をよびおこすにちがいない。それをしないのだから、この者《もの》たちは魔女《まじょ》

ではない。無実《むじつ》だ。もう、何《なに》もおそれることはない。自由《じゆう》だ。ためしに、くつをぬいでみせろ。嵐《あらし》が起《お》これば、ほうびをたくさんとらせるぞ！」

二人《ふたり》は、息《いき》をのんで見《み》つめる家来《けらい》たちの前《まえ》で、くつをぬぎました。けれども、少《すこ》しも風《かぜ》はふきません。トムは、それをたしかめると、ほっとして二人《ふたり》にいいました。

「さあ、もう心配《しんぱい》はいらぬ。おまえたちに魔力《まりょく》はない。安心《あんしん》して、家《いえ》に帰《かえ》るがよい。」

母親《ははおや》とむすめは何度《なんど》もおじぎをして、感謝《かんしゃ》しながら帰《かえ》っていきました。

新国王《しんこくおう》の、このりっぱなふるまいは、たちまちうわさとなって、宮殿《きゅうでん》じゅうに広《ひろ》まりました。国王《こくおう》はすっかりよくなられた、と家来《けらい》たちは口々《くちぐち》にささやき、よろこびあいました。

7

エドワード、森《もり》をさまよう

　さて、宿屋《やどや》からすがたを消《け》したエドワード王子《おうじ》は、どうなったのでしょうか。

「おまえさんの友《とも》だちが、あそこの森《もり》の中《なか》で、けがをして苦《くる》しんでいるんだ。」

トムの父親《ちちおや》、ジョンの仲間《なかま》のユーゴーはそういって、王子《おうじ》をつれだして、森《もり》へ向《む》かいました。

命《いのち》の恩人《おんじん》のヘンドンがけがをしていると聞《き》けば、じっとしてはいられません。王子《おうじ》はむちゅうで歩《ある》きつづけました。やっとたどりつ

いたところは、くさりかけて、かたむいた一けん家《や》でした。とびらを開《あ》け、中《なか》に入《はい》ると、どうもようすがへんです。うすよごれた男《おとこ》たちが集《あつ》まって、酒《さけ》を飲《の》み、どんちゃんさわぎをしています。

「ヘンドンは、どこにいるのだ！」

王子《おうじ》は声《こえ》を上《あ》げました。

ユーゴーはただ、にやにやわらっているだけです。

「だましたな！　ヘンドンはどうしたのだ。」

王子《おうじ》がおこって、足元《あしもと》のえだを拾《ひろ》いあげ、ユーゴーになぐりかかろうとしたとき、「ワアッハッハッハ……」と、後《うし》ろから下品《げひん》なわらい声《ごえ》が聞《き》こえ、うでをぐっとつかまれました。

「とうとう、つかまえたぞ！　このバカむすこ！」

ふりかえるとジョン・カンティが立《た》っているではありませんか！

「おまえなど、父上《ちちうえ》ではない。わたしは国王《こくおう》であるぞ。わたしの父上《ちちうえ》は、ほかならぬヘンリー八世《せい》だ。」

「まだ、そんなふざけたことをいってやがるのか。口《くち》もきけないほど、いたい目《め》にあわせてやるぞ。」

ジョンは、＊すごんでいいました。

よっぱらった男《おとこ》たちが、王子《おうじ》をじろじろ見《み》ながら、まわりを取《と》りかこ

むと、顔《かお》じゅうきずだらけの男《おとこ》がせまってきました。

「ヘンリー八世《せい》だって？　その名《な》を聞《き》いちゃ、だまってなんかいられねえ。おいらたちは、そいつにひどい目《め》にあわされたのさ。」

「何《なに》？　どういうことだ。」

王子《おうじ》はききかえしました。

「おいらは、もともと農民《のうみん》だった。ある日《ひ》とつぜん、王様《おうさま》の牧場《ぼくじょう》にするからって、畑《はたけ》を取《と》りあげられたんだ。子《こ》どもたちにめしを食《く》わせてやるため、しかたなく、こじきをしていたら、法律《ほうりつ》いはんだといわれて、お役人《やくにん》につかまっちまった。さんざんなぐられて、このとおり右耳《みぎみみ》を切《き》りおとされた……。生《い》きるためには、こじきになるしか道《みち》はねえのに、どうしろっていうんだ。よくもまあ、

＊すごむ…おどすような言葉《ことば》づかいをしたり態度《たいど》をとったりする。

弱《よわ》い者《もの》いじめの法律《ほうりつ》を作《つく》ってくださったもんだよ、あんたのおやじは。」

王子《おうじ》はおどろきのあまり、声《こえ》も出《で》ませんでした。

今度《こんど》は、べつの男《おとこ》が口《くち》を開《ひら》きました。

「おれの母親《ははおや》は、一生《いっしょう》けん命《めい》に、病気《びょうき》のじいさんのかん病《びょう》をしていたんだ。ところが、医者《いしゃ》にもわからない理由《りゆう》で、じいさんが死《し》んじまった。すると、魔女《まじょ》にちがいねえってことになり、おれたちがなきさけぶ前《まえ》で、じりじり、やき殺《ころ》されちまったんだ。なんのつみもないのに……。おまえのおやじのせいで、ひどい国《くに》になっちまったもんだよ！　イングランドは……。」

男《おとこ》は、いかりのなみだでぐしゃぐしゃになった顔《かお》で、天《てん》を見上《みあ》げ

ました。

「わが国民《こくみん》が、そんなに苦《くる》しんでいたとは……わたしは、ちっとも知《し》らなかった。」

王子《おうじ》の目《め》から、どっとなみだがあふれました。

こじきたちの苦《くる》しみやいたみ、悲《かな》しみを思《おも》うと、つらくて胸《むね》がつぶれそうでした。

「よくわかった！　今日《きょう》かぎり、おまえたちを苦《くる》しめていた法律《ほうりつ》やばつは、すべてとりやめる。国王《こくおう》エドワード六世《せい》がやくそくする。安心《あんしん》するがいい。」

王子《おうじ》は、胸《むね》をはって、すみきった声《こえ》をはりあげました。

すると、ぼろ家《や》をふるわすほどのわらい声《ごえ》が、ばく発《はっ》しました。

「アッハッハッハ……国王《こくおう》だってさ。わらわせてくれるじゃないか。」

「ぶれい者《もの》！　国王《こくおう》を、わらい者《もの》にするとは、何事《なにごと》だ！」

こじきたちはますますおもしろがり、また、どっとわらいました。

「こいつは、おれのむすこなんだ。ちょっとおかしくなっちまってるんだ。相手《あいて》にするな。」

ジョンが、いいわけをしました。

王子《おうじ》は、ジョンをにらみつけて、大声《おおごえ》でさけびました。

「わたしは国王《こくおう》だ。今《いま》におまえも思《おも》いしることになるぞ。かくごしろ！　死刑《しけい》だ。おまえは人《ひと》を殺《ころ》したのだからな。」

「なんだと？　こいつ。父親《ちちおや》をそんなひどい目《め》にあわせる気《き》か。とんでもねえがきだ。ただじゃあ、おかねえ……。」

ジョンはこぶしをにぎって、王子《おうじ》をなぐろうとしました。

「ちょっと待《ま》った！」

二人《ふたり》の間《あいだ》に止《と》めに入《はい》ったのは、こじきの親分《おやぶん》です。

「おれの前《まえ》で勝手《かって》なことは、ゆるさんぞ。おまえは大人《おとな》じゃないか。子《こ》どもをなぐるなんて、とんでもねえことだ！」

親分《おやぶん》は、ユーゴーに、王子《おうじ》のめんどうをみるようにいいつけ、ジョンには、いっさい手《て》をふれさせないように命《めい》じました。

王子《おうじ》は、これでひとまず、ジョンにつきまとわれる心配《しんぱい》は、なくなりました。

次《つぎ》の日《ひ》、親分《おやぶん》は、手下《てした》の者《もの》たちに、かせいでくるように指図《さしず》したので、王子《おうじ》はユーゴーと組《くみ》になって出《で》かけました。

「さあ、ここいらへんで、二人《ふたり》でこじきをしようぜ。」

ユーゴーが王子《おうじ》をさそいました。

「いやだ。おまえが勝手《かって》にすればいい。」

「いやだと？　へん、何《なに》いってやがんだい。こじきがいやなら、どろぼうでもいいぜ！」

「わたしは国王《こくおう》だ！　そんなことはできない。」

「かわいそうなやつだと思《おも》って、やさしくしてやれば、いい気《き》になりやがって！　そうだ、二人《ふたり》で一《ひと》*しばい打《う》って、かせごうぜ。おれが病気《びょうき》で死《し》にそうな兄《あに》になって、ぶったおれたふりをする。おまえは、おれのそばにすわりこんで、ないてりゃいい。できるだけあわれっぽくなくんだぞ、いいか……。ほら、だれか来《く》るぜ！」

ユーゴーはそういうと、道《みち》ばたのどろの上《うえ》に横《よこ》になり、苦《くる》しそうに、もだえはじめました。

「これはたいへんだ。しっかりするんだ。だいじょうぶか。」

通《とお》りがかりの親切《しんせつ》な村人《むらびと》は、ユーゴーをだきおこそうとしました。

「いいえ、だいじょうぶです。弟《おとうと》がかいほうしてくれますから。


*しばいを打《う》つ…本当《ほんとう》らしく思《おも》いこませるために、相手《あいて》をだまそうとして、作《つく》り事《ごと》をいったり行《おこな》ったりすること。

ただ、このあわれな兄弟《きょうだい》に、どうかおめぐみを……。どうか……。」

「よしよし、お安《やす》いご用《よう》だ。」

村人《むらびと》が、ユーゴーにお金《かね》を手《て》わたしたとき、王子《おうじ》がさけびました。

「だまされるな！ こんな者《もの》と兄弟《きょうだい》ではない。この者《もの》はこじきで、どろぼうだ。おまえの金《かね》を、だましとったうえに、さいふまでぬすんでいるぞ。この者《もの》の病気《びょうき》をなおしてやりたいのなら、そのつえでた

たいてやるのが、いちばんの薬《くすり》だ！」

「きさまっ、よくも……。」

ユーゴーは、はねおきると、大《おお》あわてで、にげていきました。

「こらあ、待《ま》て。どろぼうだ！　どろぼうだ！」

村人《むらびと》はつえをふりながら、ユーゴーを追《お》いかけていきました。

王子《おうじ》もこのときとばかりに、二人《ふたり》とは反対《はんたい》の方向《ほうこう》へ、全速力《ぜんそくりょく》で走《はし》りだしました。村《むら》からかなりはなれたところまで来《く》ると、急《きゅう》におなかがすいてきました。朝《あさ》から、何《なに》も食《た》べていなかったのです。

とぼとぼ歩《ある》きながら、農家《のうか》を見《み》つけては、休《やす》ませてもらいたいとたのんでみるのですが、どこの家《いえ》でも、「きたないこじきだ！　とっとと、消《き》えうせろ！」と、じゃま者《もの》あつかいされてしまいます。

自分《じぶん》が国王《こくおう》だといいはってみる元気《げんき》も、もうすっかりなくなってしまいました。

王子《おうじ》の目《め》から、なみだがぽろぽろとこぼれおちました。王子《おうじ》は、急《きゅう》に心細《こころぼそ》くなり、ヘンドンにたまらなく会《あ》いたくなりました。

「ヘンドン、どこにいるのだ……。たしか、ふるさとをたずねてみるのだといっていたな。そうだ、わたしもケント州《しゅう》へ、向《む》かうとしよう。」

寒《さむ》さとひもじさをこらえて、いなか道《みち》をどのくらい歩《ある》いたでしょうか。日《ひ》はとっぷりくれてしまいました。人《ひと》っ子《こ》一人通《ひとりとお》らない、真《ま》っ暗《くら》な道《みち》を、もくもくと進《すす》んでいくしかありませんでした。

そして、とうとう一けんの小屋《こや》にたどりつきました。

とびらを開《あ》けると、ぷーんと動物《どうぶつ》のにおいがします。暗《くら》がりのおくに、わらが山《やま》のようにつんでありました。つかれはてた王子《おうじ》は、その中《なか》へもぐりこみ、深《ふか》いねむりに落《お》ちました。

ピシャン……ピシャン……夜中《よなか》に、顔《かお》をたたかれて、目《め》をさましました。真《ま》っ暗《くら》なので何《なに》も見《み》えません。

(だれかいるのだろうか……。)

王子《おうじ》の心臓《しんぞう》は、どきどき早《はや》まります。王子《おうじ》は思《おも》いきって、顔《かお》をたたくものをつかんで引《ひ》っぱってみました。すると、「モーッ……」という、かわいらしい声《こえ》が聞《き》こえました。

「なんだ、おまえだったのか。」

王子《おうじ》は、ほっとしました。

鼻《はな》をすりよせてくる子《こ》牛《うし》に手《て》をのばし、やさしく、なでてやりました。子牛《こうし》のしっぽに、おどろいた自分《じぶん》がおかしくて、思《おも》わずわらいだしてしまいました。

王子《おうじ》は子牛《こうし》と体《からだ》をよせあって、朝《あさ》までぐっすりねむりました。

8

にげろ！　エドワード

朝早《あさはや》く目《め》をさますと、王子《おうじ》は元気《げんき》に起《お》きあがって、小屋《こや》の外《そと》に出《で》ました。すると、入《い》り口《ぐち》で二人《ふたり》の女《おんな》の子《こ》とばったり出《で》くわしました。

「きゃっ！」と、女《おんな》の子《こ》たちは、びっくりしてとびあがりました。

そして、じっと王子《おうじ》の顔《かお》を見《み》つめ、ないしょ話《ばなし》をしながら、王子《おうじ》の頭《あたま》のてっぺんから足先《あしさき》までながめると、一歩《ぽ》一歩《ぽ》近《ちか》づきました。

「きれいなお顔《かお》ね」と、一人《ひとり》がいいました。

「ほんと、かみの毛《け》もきれいよ」と、もう一人《ひとり》もいいました。

「だけど、ずいぶんきたない服《ふく》ね！」

それから二人《ふたり》は、少《すこ》しもあやしむようすもなく、王子《おうじ》にたずねました。

「あんたはだれなの。」

「わたしは、国王《こくおう》だ。」

女《おんな》の子《こ》たちは目《め》をぱちぱちさせました。

「王様《おうさま》って、なんの王様《おうさま》なの。」

「イングランド国王《こくおう》だ。」

二人《ふたり》はふしぎそうに顔《かお》を見合《みあ》わせました。

「あんた、聞《き》いた。イングランドの王様《おうさま》だって！　ほんとうなの。」

「ほんとうだ！」

王子《おうじ》は胸《むね》をはって答《こた》えました。

「ほんとうだっていうんなら、あたしたちは信《しん》じるわ。」

二人《ふたり》は、すっかりなっとくしました。

王子《おうじ》は、ひさしぶりに信《しん》じてもらえたことがうれしくて、二人《ふたり》にきかれるままに、自分《じぶん》のことを話《はな》しました。どうして宮殿《きゅうでん》を出《で》てしまったか、どうしてこじきになってしまったか、そしてどんなひどい目《め》にあってきたか、打《う》ちあけたのです。二人《ふたり》は一生《いっしょう》けん命《めい》、聞《き》いてくれました。

「きのうから、何《なに》も食《た》べていないんだ。」

王子《おうじ》はひもじそうにいいました。
二人《ふたり》は、王子《おうじ》を家《いえ》の中《なか》へ案内《あんない》しました。

「お母《かあ》さん、イングランドの王様《おうさま》をおつれしたわ。おなかがぺこぺこなんですって。何《なに》か食《た》べさせてあげて！」

少女《しょうじょ》たちの母親《ははおや》は、にこにこした、やさしい人《ひと》でした。王子《おうじ》を見《み》ると、かわいそうに思《おも》い、心《こころ》からもてなしました。
この朝《あさ》の食事《しょくじ》がどんなにおいしかったことか。金《きん》のお皿《さら》にもられ

て、たくさんの家来《けらい》たちに見守《みまも》られながら食《た》べる、宮殿《きゅうでん》のどんなごちそうよりもおいしかったのです。

（この親子《おやこ》の親切《しんせつ》は、宮殿《きゅうでん》に帰《かえ》っても、一生《いっしょう》わすれはしない。）
王子《おうじ》は心《こころ》にちかいました。

　食事《しょくじ》のあと、庭《にわ》を散歩《さんぽ》していると、向《む》こうから、あやしげな二人《ふたり》の男《おとこ》が歩《ある》いてくるのに気《き》づきました。目《め》をこらしてみると、ジョンとユーゴーではありませんか！　王子《おうじ》をさがしているのです。これはまずいと、王子《おうじ》はうらの細道《ほそみち》へかけこみ、しげみのかげにかくれようとしました。

　しかし、ちょうどそのとき、二人《ふたり》に見《み》つかってしまったのです！
王子《おうじ》は、引《ひ》きずられるようにして森《もり》のおくへつれていかれました。

「おい、バカむすこ！　今度《こんど》こそ心《こころ》を入《い》れかえたか。」

「おまえのむすこなどではない。わたしはイングランド国王《こくおう》だ！」

「またか！　ユーゴー、こいつをとことん、いたい目《め》にあわせてやろうぜ。さあ、手《て》をかしな！」

ユーゴーも、この前《まえ》、村人《むらびと》をだましそこなったうらみがありますから、これは、ねがってもない仕返《しかえ》しのチャンスです。

二人《ふたり》は地面《じめん》に落《お》ちていた、太《ふと》くて長《なが》いえだをにぎり、王子《おうじ》になぐりかかろうとしました。王子《おうじ》もすばやく足元《あしもと》のえだを剣代《けんが》わりに拾《ひろ》いあげ、身《み》がまえました。小《ちい》さいときから、剣術《けんじゅつ》を習《なら》っていたので、だれにも負《ま》けない自信《じしん》がありました。

ぱっぱっと相手《あいて》をかわす身《み》のこなしは、じつに見事《みごと》です！　ジョンもユーゴーも、空《から》ぶりばかり。力《ちから》いっぱい地面《じめん》をたたいたり、空《くう》[*1]を切《き》ったり、そのうち目《め》が回《まわ》り、へとへとになってしまいました。

王子《おうじ》が、それぞれの肩《かた》にふりおろした一げきで、とうとう、大《だい》の大人《おとな》が二人《ふたり》とも、へなへなとその場《ば》にたおれてしまいました。こしがぬけて、立《た》ちあがれません。

「今《いま》だ！」

王子《おうじ》はそのすきに、また、森《もり》のおくへと、どんどん走《はし》ってにげました。

しかし、その森《もり》は、うっそう[*2]とした大木《たいぼく》がはてしなく立《た》ちならび、歩《ある》いても歩《ある》いても、野原《のはら》に出《で》ることができません。とうとう、夜《よる》になってしまいました。

＊1空《くう》を切《き》る……空《から》ぶりをする。　＊2うっそう……木《き》がたくさんしげって、あたりがうす暗《ぐら》いようす。

あたりは真《ま》っ暗《くら》で、不気味《ぶきみ》なほど、しずかです。おまけに寒《さむ》さもくわわってきました。木《き》の根《ね》につまずき、つる草《くさ》にからまれ、えだにぶつかり、きずだらけになりながら、王子《おうじ》は歩《ある》きつづけました。

「ヘンドン、おまえはいったい、どこにいるんだ！」

王子《おうじ》はさみしくて、なみだ声《ごえ》をもらしました。

「マイルス・ヘンドン、マイルス・ヘンドン……。」

いつの間《ま》にか、王子《おうじ》は足《あし》なみに合《あ》わせて、今《いま》やたった一人《ひとり》になってしまった家来《けらい》の名前《なまえ》を、じゅもんのようにとなえていました。

すると、どこからか耳《みみ》におぼえのある、太《ふと》いさけび声《ごえ》と、馬《うま》のひづめの音《おと》が聞《き》こえてきました。

「陛下《へいか》！　陛下《へいか》！……どこにいらっしゃいますか。」

その声《こえ》は、だんだん近《ちか》づいてきます。
「あっ！　ヘンドンだ！」
王子《おうじ》は声《こえ》のするほうへ、かけだしました。そして、ついに、ヘンドンのすがたを見《み》つけると、むちゅうで、その胸《むね》にとびこみました。

ヘンドンは王子《おうじ》を受《う》けとめると、しっかりとだきしめました。

「さあ、もうだいじょうぶです、陛下《へいか》。これからの道《みち》は、このマイルス・ヘンドンがごいっしょです。どうぞご安心《あんしん》ください。」

王子《おうじ》は*満面《まんめん》の笑顔《えがお》で、こっくりとうなずきました。


*満面《まんめん》…顔《かお》いっぱい。顔《かお》じゅう。

9 ヘンドンのふるさと

間《ま》もなく、王子《おうじ》とヘンドンは、馬《うま》に乗《の》って、出発《しゅっぱつ》しました。

二人《ふたり》はケント州《しゅう》を目指《めざ》して、旅《たび》をつづけました。道《みち》づれがいるというのは、なんて楽《たの》しいことでしょう。二人《ふたり》は、はなればなれになってからの、おたがいのことを語《かた》りあいました。

とうとう、ヘンドンのふるさとの村《むら》に着《つ》きました。

「昔《むかし》と、ちっとも、かわらない……。」

教会《きょうかい》や役場《やくば》の建物《たてもの》が目《め》に入《はい》ると、ヘンドンの胸《むね》に、なつかしさでいっぱいになりました。

「とう着《ちゃく》です。陛下《へいか》、ヘンドン邸《てい》はこちらでございます。ようこそ、おこしくださいました。」

ヘンドンは、王子《おうじ》に敬礼《けいれい》をしていいました。それから、王子《おうじ》を馬《うま》から下《お》ろして、広々《ひろびろ》とした屋《や》しきの中《なか》へ入《はい》っていきました。

大広間《おおひろま》のいすに、王子《おうじ》をひとまずすわらせると、ヘンドンは、おくから出《で》てきたわか者《もの》にかけよりました。

「おお、ヒュー！　とうとう帰《かえ》ってきたぞ。よろこんでくれ。」

ヘンドンは、ただただ、うれしくて、弟《おとうと》の手《て》を取《と》りました。ヒューは、とつぜんあらわれた兄《あに》に、一《いっ》しゅん、ぎょっとしたようですが、ふしぎそうにヘンドンの顔《かお》を見《み》つめました。

「はてと……いったい、どこのどなたでしょうか。」

これはまったく意外《いがい》な言葉《ことば》でした。

「なんだって！　おまえの兄《あに》じゃないか。じょうだんも、いいかげんにしろ！」

「じょうだん？　おまえさんこそ、じょうだんをいうもんじゃない。兄《あに》は六年前《ねんまえ》に外国《がいこく》で戦死《せんし》した。たしかな手紙《てがみ》を受《う》けとっている。」

「そんな、ばかなことがあってたまるか。おまえは、じつの兄《あに》をおぼえていないとでも、いうのか。お父様《とうさま》をよんでくれ。お父様《とうさま》なら、わかってくださるにちがいない！」

「死人《しにん》をよびだすことはできません。」

「死人《しにん》だと？　ああ、亡《な》くなられたか……。お会《あ》いしたかった。それだけが希望《きぼう》だったのに！」

ヘンドンは、なげきました。

「使用人《しようにん》たちは、おれをおぼえているだろう。よんでくれ！」と、ヘンドンがいうと、ヒューは、使用人《しようにん》たちをよびあつめ、たずねました。

「このお方《かた》に、見《み》おぼえのある者《もの》はいるか？」

使用人《しようにん》たちは、ヘンドンを知《し》っていたにもかかわらず、かたい表情《ひょうじょう》で、いっせいに首《くび》を横《よこ》にふりました。

「おまえは、兄《あに》の名《な》をかたる、にせ者《もの》だ！」

ヒューはそういうと、部屋《へや》を出《で》ていきました。

ヘンドンは、だんだんヒューのたくらみが、わかってきました。

ヒューは、父親亡《ちちおやな》きあと、この屋《や》しきも土地《とち》も、財産《ざいさん》のすべてを一人《ひとり》じめしようという考《かんが》えなのです。

「ほんとうなら、兄《あに》であるおれが、この屋《や》しきの主人《しゅじん》になるはずなのに……。おれが、じゃまなんだな。ここから追《お》いだすつもりなのだ。」

ヘンドンは、はらわたが、にえくりかえるような思《おも》いでした。

王子《おうじ》は、ヘンドンが気《き》のどくでなりませんでした。

「わたしはおまえを信《しん》じるぞ。だんじて、にせ者《もの》ではない！」

「ありがとうございます。心《こころ》のそこから、お礼申《れいもう》しあげます。」

「おまえは、わたしを信《しん》じているのか。」

「もちろんでございます、陛下《へいか》！」

＊名《な》をかたる…悪事《あくじ》をたくらんで人《ひと》をだますために、人《ひと》の身分《みぶん》・地位《ちい》・名前《なまえ》などを利用《りよう》する。

ヘンドンはそういったあと、とてもすまない気持《きも》ちになりました。このこじきの少年《しょうねん》を、今《いま》まで、それに今《いま》でも、王位《おうい》をついだエドワード六世《せい》だとは、とても信《しん》じられず、かわいそうな病人《びょうにん》だと思《おも》っていたのですから。

「それにしてもふしぎだなあ。家来《けらい》たちは、どうして国王《こくおう》であるわたしを、さがしに来《こ》ないのだろう。もしかしたら、あのこじきのトムも、わたしと同《おな》じように、みんなに信《しん》じてもらえず、こまっているのかもしれない……。」

王子《おうじ》にいい考《かんが》えがひらめきました。

「そうだ！　ラテン語《ご》とギリシア語《ご》と英語《えいご》の三か国語《こくご》で、手紙《てがみ》を書《か》こう。ヘンドン、おまえがロンドンへ行《い》って、おじのハートフォード卿《きょう》にわたしてくれ。おじは字《じ》を見《み》れば、本物《ほんもの》のわたしだと、きっとわかってくれるはずだ。そうとなれば、すぐにむかえをよこすだろう。」

王子《おうじ》はペンをとり、すぐにスラスラと手紙《てがみ》を書《か》きました。

ヘンドンは、手紙《てがみ》を受《う》けとると、胸元《むなもと》につっこみました。

そのとき、馬《うま》のひづめの音《おと》が、けたたましく聞《き》こえたかと思《おも》うと、役人《やくにん》たちが、どやどやと屋《や》しきの中《なか》へ入《はい》ってきました。

「ヒュー様《さま》のお屋《や》しきに、勝手《かって》に入《はい》ったたつみで、たいほする。」

ヘンドンは、長《なが》い剣《けん》をぬき、身《み》がまえましたが、大《おお》ぜいの役人相《やくにんあい》手《て》ではどうにもなりません。くさりにつながれて、王子《おうじ》もいっしょにろう屋《や》へ、投《な》げこまれてしまいました。

10 さらし者《もの》の刑《けい》

ヘンドンは、屋《や》しきに勝手《かって》に入《はい》り、主人《しゅじん》にぶれいをはたらいたというつみで、くさりにつながれてしまいました。むちで打《う》たれてから、道《みち》ばたに*さらし者《もの》にされるのです。通行人《つうこうにん》は、石《いし》をぶつけようと、どろをかぶせようと、何《なに》をしてもかまいませんでした。

王子《おうじ》は子《こ》どもだということで、ばつを受《う》けずにすみ、くさりをとかれ、自由《じゆう》の身《み》になりました。

王子《おうじ》は、自分《じぶん》の大事《だいじ》な家来《けらい》が、ひどくいためつけられているのを、見《み》ていられませんでした。ヘンドンが、あまりにもかわいそうで、

*さらし者《もの》…人前《ひとまえ》ではじをかかされる人《ひと》。

くやしさといかりで、こぶしをにぎりしめて、ただないていました。一人《ひとり》の男《おとこ》が、ヘンドンの頭《あたま》にたまごをぶつけました。ぐしゃっとわれて、ヘンドンの顔《かお》はどろどろになりました。見物人《けんぶつにん》たちは、おもしろがって、はやしたてます。王子《おうじ》のいかりが、ついにばく発《はつ》しました。

「わたしの大事《だいじ》な家来《けらい》に何《なに》をする。この者《もの》に、つみはない。自由《じゆう》にしてやれ。」

王子《おうじ》は、役人《やくにん》に食《く》ってかかりました。

「なんだと。おまえにもむちを一《ひと》つ、二《ふた》つ当《あ》てて、こらしめてやろうか!」

役人《やくにん》が王子《おうじ》のうでをつかもうとした、

そのしゅん間《かん》、くさりにつながれたまま、ヘンドンが、必死《ひっし》にさけびました。

「待《ま》ってくれ！　子《こ》どもにむちを当《あ》てて、なんになるんだ。おれが代《か》わりに打《う》たれるから、その子《こ》をはなしてやってくれ。」

「そりゃ、おもしろい考《かんが》えだ。小《こ》ぞう、きさまがわめきちらせば、そのたびに、こいつのむちがふえるのだ。いくらでもさわぐがいい。」

と、役人《やくにん》がいいました。

ヘンドンは、背中《せなか》をはだかにされ、ピシリッ、ピシリッと、はげしくむちをあびせられました。うめき声《ごえ》一《ひと》つもらさず、いたみにたえているヘンドンを見《み》て、王子《おうじ》は、心《こころ》のそこからえらい男《おとこ》だと思《おも》いました。

「おまえはわたしのために……。この恩《おん》は決《けっ》してわすれはしないぞ。ヘンドン、イングランド国王《こくおう》エドワード六世《せい》は、おまえに伯爵《*1はくしゃく》の位《くらい》をあたえる。これからもずっと、わたしに仕《つか》えてくれ。」

王子《おうじ》は、なみだながらにさけびました。

ヘンドンは、その言葉《ことば》を聞《き》いて、少年《しょうねん》が、自分《じぶん》をこんなにもしたってくれていることが、うれしくてたまりませんでした。

さらし者《もの》の刑《けい》が終《お》わると、王子《おうじ》とヘンドンは、二度《にど》ともどってくるなといいわたされ、村《むら》を追《お》いだされました。

さて、二人《ふたり》は、これからどこに向《む》かうのでしょう。曲《ま》がったことがきらいなヘンドンは、弟《おとうと》のことがどうしてもゆるせませんでした。

「陛下《へいか》！　ロンドンへまいりましょう。ロンドンで弟《おとうと》の悪事《あくじ》をうったえて、財産《ざいさん》を取《と》りもどしたいのです！」

「よし、そうしよう。わたしも早《はや》く、ウェストミンスター宮殿《きゅうでん》へ帰《かえ》らなくてはいけないのだ。」

二人《ふたり》は、ふたたび馬《うま》にまたがりました。

ロンドンに着《つ》くと、よく日《じつ》に新国王《しんこくおう》*2戴冠式《たいかんしき》をひかえた町《まち》は、お祭《まつ》りさわぎでした。酒《さけ》によった人々《ひとびと》が道《みち》にあふれています。

（戴冠式《たいかんしき》には、なんとしても出《で》なければならない！）

王子《おうじ》はあせりました。トムがほんとうの国王《こくおう》になってしまうと、王子《おうじ》は一生《いっしょう》こじきとして、くらしていかなければならないのです！

ヘンドンと王子《おうじ》は、はぐれないようにうでを組《く》んでいましたが、人《ひと》の波《なみ》にのまれて、また、はなればなれになってしまいました。

＊1伯爵《はくしゃく》…貴族《きぞく》に使《つか》われるよび名《な》の一《ひと》つで、「伯《はく》」ともいう。
＊2戴冠式《たいかんしき》…新《あたら》しい国王《こくおう》が、はじめて王冠《おうかん》をかぶり、王《おう》の位《くらい》についたことを知《し》らせる儀式《ぎしき》。

11

新国王《しんこくおう》はどっちだ

トムが宮殿《きゅうでん》でくらすようになってから、かなりの時《とき》がたちました。はじめのうちこそ、おどおどしたり、しっぱいして顔《かお》を赤《あか》くしましたが、日《ひ》に日《ひ》に、国王《こくおう》らしい動作《どうさ》や言葉《ことば》が、自然《しぜん》に出《で》るようになっていました。大《おお》ぜいの手《て》をかりて豪華《ごうか》な服《ふく》を身《み》につけたり、どこへ行《い》くにもぞろぞろと家来《けらい》につきそわれたりするのも、ちっともめんどうではなくなりました。いつしか、本物《ほんもの》の王子《おうじ》が早《はや》くもどってきてほしいとも、思《おも》わなくなっていたのです。

がらくた横町《よこちょう》の母親《ははおや》や姉《あね》たちのことを思《おも》いだしては、会《あ》いたさに

なみだをこぼしてばかりいたのに、今《いま》では、「あんなうすぎたないびんぼう人《にん》たちに名乗《なの》りでられてはこまる」と、じゃまに感《かん》じるようになっていました。おそろしい父親《ちちおや》のことさえ、わすれかけていたのです。なんというかわりようでしょう。人間《にんげん》というのはふしぎなものです。

戴冠式《たいかんしき》の前夜《ぜんや》、ウェストミンスター宮《きゅう》殿《でん》のふかふかのベッドで、すやすやとねむっているトム・カンティは、幸福《こうふく》そのものでした。

夜《よ》が明《あ》けて、とうとう、イングランド新国王《しんこくおう》エドワード六世《せい》の戴《たい》冠式《かんしき》の日《ひ》となりました。

礼服《れいふく》に身《み》をつつんだトムは、馬《うま》にまたがり、ロンドン塔《とう》*を出発《しゅっぱつ》して、ハートフォード卿《きょう》や大《おお》ぜいの家来《けらい》たち、貴族《きぞく》たちをしたがえて行進《こうしん》を始《はじ》めました。戴冠式《たいかんしき》は、宮殿《きゅうでん》の近《ちか》くにあるウェストミンスター寺院《じいん》で、行《おこな》われることになっていました。

「新国王陛下《しんこくおうへいか》、ばんざーい！　エドワード六世《せい》、ばんざーい。」

道《みち》の両側《りょうがわ》から、何千何万《なんぜんなんまん》の見物人《けんぶつにん》たちが、こうふんしてイングランドの旗《はた》をふり、声《こえ》を上《あ》げます。にせ国王《こくおう》トムはほおを赤《あか》くし、目《め》をかがやかせ、うれしさとほこらしさで、はちきれそうになりました。

トムが、人々《ひとびと》にお祝《いわ》いの金貨《きんか》を投《な》げていると、じっとトムを見《み》つめている女《おんな》のこじきと、目《め》がぴたっと合《あ》いました。まぎれもない、がらくた横町《よこちょう》のトムの母親《ははおや》でした！

トムは、背《せ》すじがぞくっとして、思《おも》わず、かたほうの手《て》を上《あ》げて、目《め》をかくしました。それは、トムがおどろいたときに見《み》せる、母親《ははおや》だけが知《し》っているくせなのでした。

それを見《み》たトムの母親《ははおや》は、むちゅうで人《ひと》ごみをかきわけ、行列《ぎょうれつ》の前《まえ》まで走《はし》りでて、馬《うま》に乗《の》ったトムの足《あし》にしがみつきました。

「おお、トムじゃないか。どんなにさがしたかしれないよ。あたしのかわいいむすこや！」

トムの母親《ははおや》は、なみだを流《なが》していいました。

「ぶれい者《もの》！」

＊ロンドン塔《とう》…ロンドンのテムズ川《がわ》ぞいにある城《しろ》。昔《むかし》は、敵《てき》をふせぐためのとりでの役割《やくわり》をした。今《いま》は博物館《はくぶつかん》として使《つか》われている。

そばにいた役人《やくにん》は、力《ちから》づくでトムの母親《ははおや》を引《ひ》きはなし、見物人《けんぶつにん》のほうへ、つきとばしました。母親《ははおや》は、人《ひと》の波《なみ》にまきこまれながら、悲《かな》しそうな顔《かお》をし、トムに手《て》をふっていましたが、すぐに見《み》えなくなってしまいました。

トムは、自分《じぶん》が新国王《しんこくおう》になりすまして、馬《うま》にゆられて、いい気《き》になっているのが、急《きゅう》にはずかしくなりました。母親《ははおや》の悲《かな》しそうな顔《かお》が目《め》にうかび、ほこらしさも、得意気《とくいげ》な気分《きぶん》も、どこかへふっとんでしまいました。

「なんてばかだったたんだろう。*名誉《めいよ》も王冠《おうかん》も、すべてうそなのに！」

トムは、つぶやきました。

さっきまでの笑顔《えがお》が消《き》え、トムは、がっくりと肩《かた》を落《お》としました。

＊名誉《めいよ》…すぐれているとみとめられて、ほこりに思《おも》うこと。

「陛下《へいか》！　お祝《いわ》いの日《ひ》なのですから、どうぞ、そんなしずんだお顔《かお》をお見《み》せくださいますな。あのこじき女《おんな》め。まったくゆるしがたいことだ。」

ハートフォード卿《きょう》がいいました。

「あれは、わたしの母親《ははおや》なのだ！」

トムは、ぽつりといいました。

「何《なに》をおっしゃいますか！　しっかりなさってください。あなた様《さま》は国王《こくおう》なのですよ！」

ハートフォード卿《きょう》は、せっかくなおりかけていた病気《びょうき》が、また悪《わる》くなってしまったか、とあわてました。

トムは、王様気分《おうさまきぶん》にもどることはできませんでした。でも、寺院《じいん》へ入《はい》っていく行進《こうしん》は、もう止《と》めようがありません。トムは、このま、にせ国王《こくおう》になってしまうのでしょうか。

しずかにゆっくりと王《おう》のいすにすわり、式典《しきてん》が進《すす》むにつれて、トムの顔《かお》は青《あお》ざめ、ひたいからは、*あぶらあせが流《なが》れおちました。

（ああ、もうだめだ……。神様《かみさま》、どうかお助《たす》けください！）

最後《さいご》の儀式《ぎしき》をむかえ、いよいよトムの頭《あたま》に王冠《おうかん》がのせられようとした、まさにそのとき……。

「待《ま》て！　イングランドの王冠《おうかん》を、そのいつわりの者《もの》の頭《あたま》におくことはならんぞ。わたしこそが、国王《こくおう》エドワード六世《せい》である！」

どこからしのびこんだのか、ぼろを着《き》た、きたない少年《しょうねん》が、とつぜんトムの前《まえ》にとびだしました。

*あぶらあせ…苦《くる》しいときやこまったときなどに、にじみでるあせ。

あやしい者《もの》が急《きゅう》に入《はい》ってきたので、役人《やくにん》たちは、少年《しょうねん》をとりおさえようと、かけよりました。

すると、すわっていたトムが、さけびました。

「待《ま》て！　その方《かた》こそ、本物《ほんもの》の国王陛下《こくおうへいか》であるぞ。陛下《へいか》に手《て》をふれるでない！」

寺院《じいん》の中《なか》は、たいへんなさわぎになりました。戴冠式《たいかんしき》に集《あつ》まった人《ひと》たちは、どうしたらよいのか、おろおろするばかりです。

気《き》がつくと、ぼろをまとったこじきの少年《しょうねん》と、国王《こくおう》の礼服《れいふく》を着《き》た少年《しょうねん》が、王《おう》のいすの前《まえ》にならんで立《た》っていました。しかも、おどろくことに、二人《ふたり》は、そっくりな顔《かお》をしています。さあ、どちらが本《ほん》物《もの》の国王《こくおう》なのか……。二人《ふたり》のいうことを信《しん》じていいのか……。

こまりはてたハートフォード卿《きょう》が、こじきの少年《しょうねん》に、宮殿《きゅうでん》のこと、亡《な》くなったヘンリー八世《せい》のことなどを次《つぎ》から次《つぎ》へと質問《しつもん》してみました。少年《しょうねん》は、どんなことにも、すんなりと答《こた》えます。態度《たいど》もどうどうとしていて、気品《きひん》があり、言葉《ことば》づかいもとてもきれいでした。

「それでは、もう一《ひと》つ、おたずねしますが、王家《おうけ》のご印章《いんしょう》*のありかをごぞんじでしょうか。」

これはいい質問《しつもん》でした。王子《おうじ》のようすがおかしくなったころから、大切《たいせつ》な王家《おうけ》の印章《いんしょう》が行方不明《ゆくえふめい》になっていたのです。ハートフォード卿《きょう》が、何度《なんど》かトムにたしかめましたが、「印章《いんしょう》」がなんであるかも知《し》らないし、ましてやどこにあるかなど知《し》りはしない、というはるばかりでした。ヘンリー八世《せい》が、エドワード王子《おうじ》にあずけた、というところまでは、家来《けらい》たちも、はっきりわかっていたので、印章《いんしょう》のありかを知《し》っている者《もの》こそ、真《しん》の王子《おうじ》、つまり、新《あたら》しい国王《こくおう》となるべき人物《じんぶつ》なのです。

こじきの少年《しょうねん》は、まよわず答《こた》えました。

「わたしの部屋《へや》の金庫《きんこ》の中《なか》だ。おくのかべの左《ひだり》すみに、くぎの頭《あたま》が出《で》ているから、おしてみよ。ひみつのとびらが開《ひら》くのだ。」

家来《けらい》が、すぐに宮殿《きゅうでん》に馬《うま》を走《はし》らせ、たしかめに行《い》きましたが、そこにはなかったという報告《ほうこく》をもって帰《かえ》ってきました。

「やはり、にせ者《もの》だ！　こいつを引《ひ》っとらえて、町《まち》じゅうを引《ひ》きまわせ！」

ハートフォード卿《きょう》は、おにのような顔《かお》をしてどなりました。

＊印章《いんしょう》…はんこ。印《いん》かん。

うつむいて考《かんが》えこんでいたトムが、そのとき、とつぜん手《て》を打《う》ってさけびました。

「もしかして、そのご印章《いんしょう》というのは、丸《まる》い金《きん》のかたまりで、文字《もじ》がほってあるものですか。それならば、知《し》っています。でも、さいしょに、それをあそこにおいたのは、ここにおられるイングランド国王陛下《こくおうへいか》でいらっしゃいます。陛下《へいか》、思《おも》いだしてください。わたくしのぼろにお着《き》がえになって、外《そと》へとびだしていかれる前《まえ》のことです、お持《も》ちになっていたものを、大事《だいじ》だからとおっしゃって、おかくしになったでしょう……。」

こじきの少年《しょうねん》の顔《かお》が、ぱっとかがやきました。

「そうであった！　思《おも》いだしたぞ。かっちゅうの中《なか》だ。早《はや》く行《い》って、

たしかめてみよ！」
ふたたび、家来《けらい》が宮殿《きゅうでん》へ馬《うま》を走《はし》らせました。人々《ひとびと》は、きんちょうして報告《ほうこく》を待《ま》ちました。
しばらくすると、家来《けらい》が寺院《じいん》にもどってきました。
「国王陛下《こくおうへいか》、ご印章《いんしょう》がありました！」

その知《し》らせを聞《き》くと「ばんざーい！」と、寺院《じいん》の中《なか》は、われんばかりのはく手《しゅ》とかん声《せい》がひびきわたり、花《はな》びらのように、ハンカチが空《くう》をまいました。

ハートフォード卿《きょう》は、家来《けらい》から、王家《おうけ》の印章《いんしょう》を受《う》けとり、だん上《じょう》で高《たか》くかかげました。

「新《あたら》しい国王陛下《こくおうへいか》、どうぞこちらへ。この礼服《れいふく》をおめしください。」

そしてこの小《こ》ぞうめ、よくも国王《こくおう》になりすましておったな。引《ひ》っとらえて、ろう屋《や》へぶちこめ！」

「待《ま》て！　それは、ゆるさんぞ。さいしょに服《ふく》を取《と》りかえようといったのは、わたしだ。それに、このトム・カンティのおかげで、わたしは印章《いんしょう》のありかを思《おも》いだすことができたのだ。そうでなかったら、いったいどうなっていたことか……。深《ふか》く感謝《かんしゃ》しているぞ。」

「陛下《へいか》、ありがとうございます。わたくしはそれが、そんなに大切《たいせつ》なものとは知《し》らずに……じつは……時々《ときどき》クルミをわるのに……使《つか》っておりました。どうか、おゆるしくださいませ！」

どっと大《おお》わらいが起《お》こり、トムはてれくさそうに頭《あたま》をかきました。

それから、間《ま》もなくエドワード六世《せい》の戴冠式《たいかんしき》がつづけられ、ロンドンの町《まち》じゅうに、お祝《いわ》いの大《たい》ほうの音《おと》が鳴《な》りひびきました。

12

国王《こくおう》エドワード六世《せい》

無事《ぶじ》、戴冠式《たいかんしき》が終《お》わり、ロンドンの町《まち》じゅうが、新《あたら》しい国王誕生《こくおうたんじょう》のよろこびにつつまれていたころ、マイルス・ヘンドンは、前《まえ》の晩《ばん》にはぐれてしまった王子《おうじ》をさがしまわっていました。心当《こころあ》たりの場所《ばしょ》を一《ひと》つ一《ひと》つたずね歩《ある》きましたが、王子《おうじ》はどこにも見《み》つかりません。

そして、とうとうウェストミンスター宮殿《きゅうでん》までやってきました。門《もん》の前《まえ》は、エドワード六世《せい》の一行《いっこう》が、戴冠式《たいかんしき》を終《お》えて宮殿《きゅうでん》に入《はい》っていくのを見《み》とどけた見物人《けんぶつにん》たちで、ごったがえしていました。

みすぼらしいかっこうをした大男《おおおとこ》が、門《もん》の前《まえ》をきょろきょろしな

がら、行《い》ったり来《き》たりしているので、門番《もんばん》に、ひどくあやしまれました。

「おい、ここで何《なに》をしている。」

門番《もんばん》は、三人《にん》がかりで、ヘンドンをおさえこみ、ぶっそうな物《もの》を持《も》っていないか、身体検査《しんたいけんさ》を始《はじ》めました。一人《ひとり》が、胸元《むなもと》から、手紙《てがみ》を取《と》りだすと、すぐに読《よ》みはじめました。

「たいへんだ！　ここにもう一人《ひとり》、自分《じぶん》が国王《こくおう》だと名乗《なの》る者《もの》の、手紙《てがみ》があるではないか。」

門番《もんばん》は顔色《かおいろ》をかえ、宮殿《きゅうでん》のおくへ走《はし》っていきました。

（ああ、まずいぞ。あの少年《しょうねん》が、国王《こくおう》になりきって書《か》いた手紙《てがみ》だ。本物《ほんもの》の国王陛下《こくおうへいか》に報告《ほうこく》されたら、死刑《しけい》をいいわたされるにちがいない。）

門番《もんばん》は、急《いそ》いでもどってきました。

「国王陛下《こくおうへいか》がお待《ま》ちです。どうぞこちらへいらしてください。」

ろう屋《や》行《い》きをかくごしていたヘンドンは、予想《よそう》とちがって、門番《もんばん》がとてもていねいにまねきいれてくれたので、びっくりしました。

大広間《おおひろま》には、＊即位《そくい》のお祝《いわ》いで、きらびやかな服装《ふくそう》をした貴族《きぞく》たちが大《おお》ぜい集《あつ》まっていました。ヘンドンがあらわれると、どよめきが起《お》こりました。ヘンドンは、場《ば》ちがいなところに通《とお》されて、すぐにでもにげだしたくなりました。国王《こくおう》がすわっているほうへ、おそるおそる目《め》を向《む》けてみると、こしがぬけるほどにおどろきました。

（あのこじきの少年《しょうねん》ではないか。そっくりだ……いいや……まさかそんなはずはない……。）

ヘンドンは、いちかばちか、かべぎわのいすを、部屋《へや》の真《ま》ん中《なか》に持《も》ってきて、どかっとすわってみました。

「ぶれい者《もの》！　国王陛下《こくおうへいか》の御前《おんまえ》ですわるとは、何事《なにごと》だ！」

ハートフォード卿《きょう》がどなり、家来《けらい》たちがヘンドンを取《と》りかこみました。

すると、国王《こくおう》は、家来《けらい》たちをおしのけ、ヘンドンにかけより、手《て》をにぎりしめながら、いいました。

「みなの者《もの》、よく聞《き》け！　国王《こくおう》であるわたしが、ゆるしたのだ。」

＊即位《そくい》…王《おう》の位《くらい》につくこと。

ヘンドンは、ゆめを見《み》ているのではないかと、目《め》をぱちくりさせて、ほっぺたを何度《なんど》もつねりました。

「ヘンドンは、わたしの命《いのち》を助《たす》けてくれた大恩人《だいおんじん》だ。国王《こくおう》の前《まえ》でいすにすわることは、わたしが特別《とくべつ》にゆるしたのだ。イングランド王家《おうけ》のつづくかぎり、この者《もの》の一族《いちぞく》、子《こ》や孫《まご》の代《だい》までも永遠《えいえん》に、その*1特権《とっけん》は守《まも》られるとやくそくする。」

国王《こくおう》は、すんだ声《こえ》をはりあげて、*2宣言《せんげん》しました。

そのとき、大広間《おおひろま》からこそこそとにげだそうとする男《おとこ》がいました。

ヒュー・ヘンドンです！

「その者《もの》をとらえよ！　兄《あに》から財産《ざいさん》をうばったどろぼうめ。ゆるしはせぬぞ。ろう屋《や》にぶちこんでおけ！」

＊1特権《とっけん》…ある人《ひと》にだけあたえられている、とくべつな権利《けんり》。＊2宣言《せんげん》…自分《じぶん》の意見《いけん》や態度《たいど》をはっきり知《し》らせること。

国王《こくおう》のきびしい命令《めいれい》で、ヒューは家来《けらい》に引《ひ》きずられていきました。

部屋《へや》のざわめきがおさまると、礼服《れいふく》を着《き》たトム・カンティが、国《こく》王《おう》の前《まえ》にひざまずきました。

エドワード六世《せい》は、にっこりとほほえみました。

「トム・カンティ、わたしがるすの間《あいだ》、かしこく国《くに》をおさめ、りっぱに代《か》わりをつとめてくれたと、ハートフォード卿《きょう》から聞《き》いた。心《こころ》から感謝《かんしゃ》しているぞ。その礼《れい》として、おまえには王立孤児院《おうりつ*こじいん》の院長《いんちょう》の仕事《しごと》をあたえる。身《み》よりのない子《こ》どもたちの世話《せわ》をまかせたぞ。母親《ははおや》と姉《あね》たちとともに、そこに住《す》むがよい。わたしたちはいつまでも親友《しんゆう》だ。」

「たいへん光栄《こうえい》なことでございます。ありがとうございます。」

トムは、ほこらしげに顔《かお》を上《あ》げ、立《た》ちあがると、国王《こくおう》の手《て》にキスをし、宮殿《きゅうでん》をあとにしました。

今《いま》にもこわれそうなぼろ家《や》で待《ま》つ母親《ははおや》と姉《あね》たちは、このありがたい命令《めいれい》にたいへんよろこびました。

エドワード六世《せい》は、その後《ご》、きびしすぎる法律《ほうりつ》やひどすぎるばつを次々《つぎつぎ》と手直《てなお》ししました。人々《ひとびと》の苦《くる》しみを思《おも》い、どんどん決《き》まり事《ごと》をかえてゆくので、ハートフォード卿《きょう》や家来《けらい》たちが、「今《いま》のままでも、つらいと思《おも》っている国民《こくみん》はいない。かえてほしいという声《こえ》は聞《き》こえてこないのに……」と、やきもきするほどでした。

そんなとき、国王《こくおう》は、決《き》まってこう答《こた》えるのでした。

「おまえたちは、ふつうの人々《ひとびと》の苦《くる》しみや悲《かな》しみがどんなものだか何《なに》も知《し》らないではないか。わたしと国民《こくみん》たちは知《し》っているのだ。」

エドワード六世《せい》は、いつでも国民《こくみん》のことを考《かんが》え、思《おも》いやりのある政治《せいじ》をしました。そして、国民《こくみん》から深《ふか》く愛《あい》される国王《こくおう》となったのでした。

（おわり）

＊孤児院《こじいん》…親《おや》がいなかったり、いっしょにくらせなかったり、保護者《ほごしゃ》のいない子《こ》どもを引《ひ》きとって育《そだ》てる施設《しせつ》。

物語《ものがたり》と原作者《げんさくしゃ》について

王子《おうじ》とトム、知《し》らない世界《せかい》で大冒険《だいぼうけん》

編著《へんちょ》・村岡美枝《むらおかみえ》

『王子《おうじ》とこじき』は、10歳《さい》までに読《よ》みたい世界名作《せかいめいさく》シリーズ二巻《かん》『トム・ソーヤの冒険《ぼうけん》』の作者《さくしゃ》、マーク・トウェイン（本名《ほんみょう》・サミュエル・ラングホーン・クレメンズ）が書《か》いた物語《ものがたり》です。

一八八一年《ねん》にアメリカで出版《しゅっぱん》された原書《げんしょ》を開《ひら》くと、タイトルのページに「あらゆる時代《じだい》のわかい人々《ひとびと》のための物語《ものがたり》」と書《か》かれ、次《つぎ》のページには「おぎょうぎよくて、かわいいむすめたち、スージーとクララ・クレメンズにささぐ。父《ちち》より愛《あい》をこめて」という言葉《ことば》が記《しる》されています。この物語《ものがたり》は、マーク・トウェインが、とくべつな愛情《あいじょう》をこめて書《か》きおろした作品《さくひん》なのです。

マーク・トウェインは、人気作家《にんきさっか》になっても、家族《かぞく》とすごす時間《じかん》を大切《たいせつ》に

していました。むすめたちがせがむと、どんなにいそがしくても、大《おお》きなだんろのある部屋《へや》のいすにすわり、むすめたちをひざに乗《の》せて、王様《おうさま》や女王様《じょおうさま》のいるゆめの国《くに》や、妖精《ようせい》の住《す》むおとぎの国《くに》のお話《はなし》をしてくれたそうです。

『王子《おうじ》とこじき』は、そんな楽《たの》しい家庭《かてい》のふんい気《き》の中《なか》から生《う》まれた物語《ものがたり》です。毎晩《まいばん》、父親《ちちおや》が原稿《げんこう》のつづきを読《よ》みきかせてくれるのを、むすめたちは心《こころ》待《ま》ちにしていました。どれほど胸《むね》をどきどきさせて、立場《たちば》が入《い》れかわってしまった王子《おうじ》とこじきの少年《しょうねん》の冒険話《ぼうけんばなし》に聞《き》きいったことでしょう！

作者《さくしゃ》のマーク・トウェイン

『王子《おうじ》とこじき』の物語《ものがたり》には、マーク・トウェインの父親《ちちおや》としてのねがいがいっぱいつまっているのです。外面《がいめん》にとらわれず、人《ひと》や世《よ》の中《なか》を見《み》てほしい、どんなときでもほんとうのことをいう勇気《ゆうき》を持《も》ってほしい、くもりのない心《こころ》をうしなわず成長《せいちょう》していってほしい。

いつの時代《じだい》もかわることのない、人《ひと》が生《い》きていくうえ

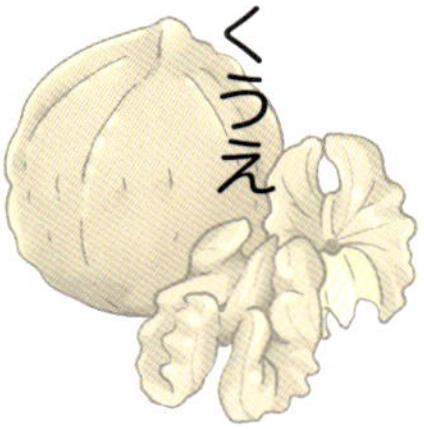

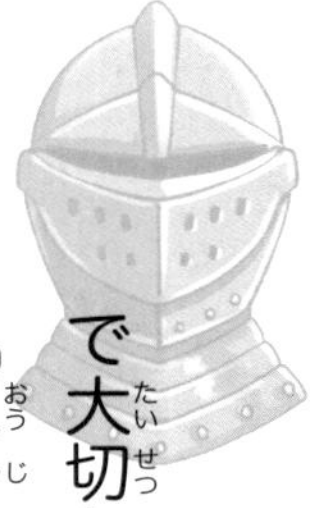

で大切《たいせつ》なものを、みなさんが、読《よ》みとってくだされば うれしいです。

『王子《おうじ》とこじき』は、ほんとうはもっと長《なが》いお話《はなし》ですが、みなさんが読《よ》みやすいよう、村岡花子《むらおかはなこ》訳《やく》『王子《おうじ》とこじき』をもとにして構成《こうせい》しなおしています。『赤毛《あかげ》のアン』の翻訳者《ほんやくしゃ》として有名《ゆうめい》な村岡花子《むらおかはなこ》にとっても、『王子《おうじ》とこじき』は、とくべつに大切《たいせつ》な一さつでした。

今《いま》から約《やく》九十年前《ねんまえ》、最愛《さいあい》のむすこを亡《な》くし悲《かな》しみにしずんでいたとき、友人《ゆうじん》からおくられたこの本《ほん》の原書《げんしょ》を手《て》にして、むちゅうになって読《よ》みました。

「本《ほん》はどんなときも生《い》きる力《ちから》をあたえてくれる。これからは日本中《じゅう》の子《こ》どもたちのために、いい本《ほん》をしょうかいしていこう。」

『王子《おうじ》とこじき』を翻訳《ほんやく》したことがきっかけで、本《ほん》を書《か》く仕事《しごと》を通《とお》して子《こ》どもたちにゆめと希望《きぼう》をとどけることが、花子《はなこ》の歩《あゆ》む道《みち》となったのです。時代《じだい》や、国境《こっきょう》をこえ、マーク・トウェインと花子《はなこ》の思《おも》いが、みなさんにとどきますように。そして、大《おお》きくなったらぜひ完訳版《かんやくばん》で、読《よ》んでみてくださいね。

なぜ、今、世界名作？

監修／千葉経済大学短期大学部こども学科教授　横山洋子

★世界中の人が「太鼓判」！

なぜ名作といわれる作品は、時代を越えて読み継がれるのでしょうか。古いなあと感じることなく、人の心を打つのでしょうか。それは、名作といわれる物語には、人が生きることの本質を射抜く何かがあるからでしょう。生きるとは、楽しいことばかりではありません。苦難に遭い、歯を食いしばって耐えなければならないことも当然あります。これらの作品は、私たちに生きる勇気を与えてくれます。「人生をもっと楽しめ」、「強く生きよ」、と励ましてくれるのです。

読んだ人が「おもしろい」と言ったことが口コミで広がり、「そうかな？」と思って読んだ人が「やっぱり読む価値がある」と思った作品。つまり名作には、世界中のたくさんの人々が、「お勧め！」「太鼓判！」と感じた実績があるということ。いわば、世界の人々の共有財産なのです。

★グローバルな価値観を学び取る

また、世界各国の作家による作品にふれるうちに、その国の事情を知り、歴史を知り、文化、生活についても知ることができます。何を大切にして生きているのか、というグローバルな新たな価値観も学び取ることができるのです。広い視野をもち、多様な感じ方、考え方をふまえた上で、自分はどう思うのか、どう生きていくのかを子ども自身が思索できるようになるでしょう。

★人生に必要な「生きる力」がある

10歳までの固定観念にとらわれない柔軟な時期にこそ、世界の人々がこぞって読んでいる作品にざっくりとふれ、心を動かし、豊かな感性で「こんな話もあるんだ」とインプットしてほしい。そして、中高生になったらもう一度、次は完訳の形で読み、さらに作品の深い部分をじっくり味わってほしい、と思います。名作を読んで登場人物と同化し、一緒に感じたり考えたりすることでできる疑似体験は、豊かな感情表現や言語表現、想像性の育ちにもつながるでしょう。

名作の扉を一冊ひらくごとに、きっと、人生に必要な「生きる力」が自然に育まれるはずです。

編訳　**村岡花子**（むらおか　はなこ）

1893年山梨県生まれ。東洋英和女学校で学んだあと、英語教師や編集者を経て、翻訳家となる。日本で初めて『赤毛のアン』を紹介した。「アン」シリーズ、「エミリー」シリーズ（モンゴメリ・作、新潮社ほか）をはじめとする多くの翻訳作品がある。1960年、児童文学への貢献により藍綬褒章を受章。1968年没。

編著　**村岡美枝**（むらおか　みえ）

東京生まれ。翻訳家。1991年より、妹恵理とともに祖母・村岡花子の書斎を「赤毛のアン記念館・村岡花子文庫」として資料保存している。訳書に『アンの想い出の日々』（新潮社）、『ウェールズのクリスマスの想い出』（瑞雲舎）などがある。

絵　**たはらひとえ**

イラストレーター・漫画家。ゲームのキャラクターや挿絵なども描いている。主な作品に『今そこにある怖い話』(学研)、朝涼ばくの名義で『晴れのちハムスター』(小学館クリエイティブ)などがある。

監修　**横山洋子**（よこやま　ようこ）

千葉経済大学短期大学部こども学科教授。幼稚園、小学校教諭を17年間経験したのち現職。著書に『子どもの心にとどく指導法ハンドブック』（ナツメ社）、『名作よんでよんで』シリーズ（お話の解説・学研）、『10分で読める友だちのお話』『10分で読めるどうぶつ物語』（選者・学研）などがある。

写真提供／学研・資料課、PPS通信社

10歳までに読みたい世界名作23巻

王子とこじき

2016年4月19日　第１刷発行

監修／横山洋子

原作／マーク・トウェイン

編訳／村岡花子

編著／村岡美枝

絵／たはらひとえ

装幀・デザイン／周 玉慧

発行人／川田夏子

編集人／小方桂子

企画編集／皇甫明奈　石尾圭一郎
　　　　　髙橋美佐　松山明代

編集協力／入澤宣幸　勝家順子　上埜真紀子

ＤＴＰ／株式会社アド・クレール

発行所／株式会社学研プラス

〒141-8415 東京都品川区西五反田2-11-8

印刷所／株式会社廣済堂

VEGETABLE OIL INK

この本は環境負荷の少ない下記の方法で制作しました。

●製版フィルムを使用しないCTP方式で印刷しました。

●一部ベジタブルインキを使用しました。

●環境に配慮して作られた紙を使用しています。

この本に関する各種お問い合わせ先

【電話の場合】

●編集内容については　Tel 03-6431-1615（編集部直通）

●在庫、不良品（落丁、乱丁）については
　Tel 03-6431-1197（販売部直通）

【文書の場合】

〒141-8418 東京都品川区西五反田2-11-8
学研お客様センター『10歳までに読みたい世界名作』係

・この本以外の学研商品に関するお問い合わせは
　Tel 03-6431-1002（学研お客様センター）

【お客様の個人情報取り扱いについて】

アンケートはがきにご記入いただいてお預かりした個人情報に関するお問い合わせは、株式会社学研プラス　幼児・児童事業部（Tel 03-6431-1615）までお願いいたします。
当社の個人情報保護については、当社ホームページ
http://gakken-plus.co.jp/privacypolicy/ をご覧ください。

NDC900　154P　21cm

学研グループの書籍・雑誌についての新刊情報・詳細情報は、下記をご覧ください。
学研出版サイト　http://hon.gakken.jp/

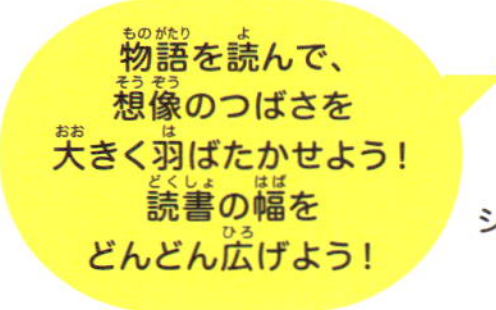

シリーズキャラクター
「名作《めいさく》くん」

また、あおう！